髪結いの女

浮世小路 父娘捕物帖 3

高城実枝子

時代小説

二見時代小説文庫

目次

第一話　走り火の川　7
第二話　髪結いの女　86
第三話　夜雨の殺意　158
第四話　めざわりな奴　219

髪結いの女——浮世小路 父娘《おやこ》捕物帖 3

第一話　走り火の川

一

墨《す》流しの空には一点の星もなく、ぬばたまの闇《やみ》の、そこだけを切り取ったように、赤い炎が風に巻いた。

火の手が上がったのは、本所押上村《ほんじょおしあげ》の広大な田地のひとところである。

盛夏の重い夜風がしたたる闇をゆすり、火を煽《あお》る。

地を這《は》った炎は一筋の赤い川となって、北の方角に走った。

火の帯がたどり着いた先に、一軒の家があった。めらめらと閃《ひら》めいていた火の舌は、大きく膨れ上がり、やがて家全体を包みこんでいった。

木材のはぜる音が、この世のすべてとばかりに響きわたる。

そのごうごうとした火勢に、たちまち屋根は燃え落ち、噴き上がったすさまじい火《か》焔《えん》が、漆《うるし》のような夜空を焦《こ》がしていた。

ようやく、遠くで半鐘《はんしよう》が鳴り出した。

日本橋通《にほんばしとおり》室町《むろまち》三丁目の東側、茶問屋の住吉屋《すみよしや》と扇問屋の井筒屋《いづつや》の間が、浮世小路《うきよこうじ》の入り口になる。

お初《はつ》が女将《おかみ》をつとめる〝子《ね》の竹《たけ》〟は、その小路の瀬戸物《せともの》町で商いをしている。

軒先に下げた掛行燈《かけあんどん》に〝酒・肴《さかな》〟とあり、料理屋としては小体《こてい》だが、それでも間口《まぐち》三間、奥行き五間のうち表店《おもてだな》は十二坪の広さがある。

三列に並べた六人掛けの飯台《はんだい》と入れこみで、三十人ほどの客を一時《いちどき》にさばく事ができる。

客種《きやくだね》はまちまちだが、総じて懐《ふところ》のお寒い衆にはいささか敷居の高い店である。

なにしろ結構な場所柄だけあって店賃《たなちん》もそれなりであり、仕入れの質も落とさないので、自然に料金は高めの設定にならざるをえない。

それでも開けて六年、浮世小路の〝子の竹〟と言えば、美味《うま》い料理を提供し、威勢のいい女将さんと、出戻りだが美人で活《い》きのいい娘のお麻《あさ》がいる、とそこそこ聞こえもしている昨今である。

空梅雨《からつゆ》だが、すっきりと晴れるわけではなく、このところ鬱陶《うっとう》しい曇り空がつづいている。今宵も湿った重い空気が、早くも黄昏《たそがれ》色をまとって来た。

店内はほぼ満座である。

「あ、親分、お帰りなさい」

常連の声に、

「よッ、太平楽な顔がそろってるな」

戯言《ざれごと》めいて返したのは、主人《あるじ》である治助《じすけ》である。つまりお初の亭主であり、お麻の父親その人だ。

客のそれぞれが、ゆったりと寛《くつろ》ぎさんざめく酒食《しゅし》の場に、親分とは穏やかではないが、治助にかぎってはむしろその人望によって、好感を持たれる存在だった。

治助が手先《てさき》をつとめるのは、南町奉行所の定町廻《じょうまちまわ》り同心、古手川与八郎《こてがわよはちろう》であり、親分と呼ばれる謂《いわ》れは、子分である下っ引の伝吉《でんきち》を使っているからだ。

お上《かみ》の手先をつとめる者が、目明し、岡っ引と呼ばれ、江戸の人たちに敬遠されがちなのは、持ち場の商家で自ら鼻薬《はなぐすり》を強要するのと、彼らのその前身による。

江戸の初期、鳶沢甚内《とびさわじんない》なる泥棒が捕まった。そしてその罪のお目こぼしを願い、同じ泥棒仲間の男を密告した。それによって鳶沢に目明しになる道が開けた。

目明しの別名岡っ引とは、手引きするものという意で、犯罪者の情報をさぐり、捕縛に協力するのである。

その見返りに、鳶沢は古着の一手販売の権利をもらい、やがて江戸の古着屋の元締めになっている。

ほかにも庄司《しょうじ》甚内という男がいる。これも泥棒だった。この男も目明しになるのと引き替えに、遊郭《ゆうかく》の設置を許可されている。そしてついには吉原《よしわら》の名主にまでなっている。

奉行所の思惑としては、泥棒の盗んだ衣類はほとんど古着屋に持ち込まれる。

また遊女屋には犯罪人や謀反人《むほんにん》がもぐりこんで来る。

よっていずれの場所も、犯罪人の探索には極めて有利な情報が集まるのだ。

その先人の流れを汲んでかどうか、文政《ぶんせい》八年の今日でも、手先の出自《しゅつじ》は前科者ばかりなのである。

例外として治助がいる。十九のとき、十七のお初と夫婦《めおと》になり、それ以来、他人《ひと》の何倍も汗水垂《た》らして働いた。寒風酷暑にもめげない振り売り稼業で金を溜め、煮売《にうり》茶屋を経て、いまここに居る素堅気《かたぎ》である。

身丈《みたけ》は五尺三寸足らずと並だが、筋肉質のがっしりとした体型に、壮年の活気が漲《みなぎ》っている。

帳場を受け持つお初が、戸口から歩いてくる亭主をじっと見つめている。その帳場は、入れこみの奥を結界格子《けっかいごうし》で仕切っていて、店内のすべてが見渡せるのだ。

治助は帳場に近い飯台の隅に腰を下ろした。そこが治助の定席で、どんなに客が混んでも、その飯台の隣り合った二席だけは空《あ》けておくのである。

一つは治助、あと一つはじきに現われる英吉《えいきち》のために――。

「おまえさん、少しお疲れのようだね」

陽に灼《や》けた浅黒い顔はつやつやしていても、亭主のわずかな疲労の色も見逃さないのは、さすが恋妻である。恋などと聞けば、ふくよかな身をよじって、お初ははにかみ死にもしかねないが――。

「それより腹ぺこだ」

「芝浜《しばはま》からいい夕鯵《あじ》が届いてますよ。たった十本だけど、留《とめ》さんがわざわざ持って来てくれたんだよ」

芝浜には小さな魚市場があって、彼岸《かし》から彼岸までの間、夕魚河岸《ゆうがし》が立つ。魚類は味のいい小魚ばかりで量も少なく、そのため付近の客に売って終《しま》いになってしまう。

冬期ならば、朝に上がった魚でも、夕方の膳に刺身にして出せるが、気温が高くなる季節は苦労する。井戸の中に吊るしてせいぜい鮮度を保つほかは、煮たり焼いたりの献立にならざるをえないのだ。

その点、芝浜の夕鯵なら活《い》きのよさは天下一品、茗荷《みょうが》や生姜《しょうが》をそえた蓼酢《たです》の味わいは、極めて貴重なのである。

「留のやつも義理がたい男だな」

この浮世小路で商いを始める前は、治助とお初は芝の北新網《きたしんあみ》で煮売酒屋をやっていた。

漁師の留とはその頃の縁である。

治助より二つ三つ年下の留は、当時まだ三十を出たばかりだったが、五人の子福者で、朝な夕なの稼ぎだけでは家計《たつき》はいつも火の車。五人の子たちの飽《あ》かず倦《う》まずの騒ぎや、目の下に世帯やつれの翳《かげ》りを滲《にじ》ませた女房の連日の癇癪《かんしゃく》も疲れを知らぬ。どんなに女房が可愛くとも、留にすれば一人になりたいときがある。そんなとき、留はなけなしの文銭を握りしめて、治助の店にやって来る。

安酒をちびちびなめるそんな留に、治助は目をかけてやった。

陽に灼《や》けた筋骨はたくましいが、無口で不器用なほど生真面目なその人柄に、治助は好感を寄せて、何くれと便宜を計ってやり、留もまた治助を兄とも思い親しく接していたのだ。

「みんな達者のようだったか？」

上の子はそろそろ奉公に出る年頃だろう、と思いながら治助は訊いた。

「元気どころか、去年の暮にかみさんがまた子供を産んだそうですよ」

「はあ！」

「留さん、ひどく照れながらそう言ってました」

「いつまで経っても貧乏から抜けられねえな」

頬笑《ほほえ》ましくもあり、気の毒なようでもある。

「おっ母さん、その夕餉、英さんにも取っておいてちょうだい」

平膳を手にしたお麻が、客席に向かう途中で声をかけた。

「抜かりはないよ」

お初が胸を叩きかけて、

「ほら、夕餉のお帰りだよ」

お麻をからかった。

英吉は廻り小間物屋である。親方は神田松田町《まつだまち》の保田屋梅吉《ほたやうめきち》で、一日の商いが終わると、いったん保田屋に戻り、荷を置いてから栄吉は〝子の竹〟へやって来る日々である。

六年前まで英吉は武士であった。禄高十万石の藩主のもとで、代々勘定方書役《かきやく》として、二百石をいただく身だったが、藩家が悲運に見舞われた。表高は十万石でも、はなはだしい減収を余儀なくされる貧しい領地への転封《てんぽう》を下命された。

幕閣の実力者の国替えのあおりを受けたのだ。主従にとって耐えがたい事態とはいえ、幕命という権威には逆《さか》らえない。

主家は苦渋の選択をした。藩の存続のために、退身者を募ったのである。

勘定方書役の役目柄、英吉は藩の財政が目を覆うばかりの窮乏に瀕《ひん》しているのを知る立場にあった。

ここで退身するのも主君への御恩報じになる、との信念で暇《いとま》願いを差し出したのだった。

すでに父母もなく、まだ独り身だった英吉は、町人として江戸に出た。あれから六年、二十八歳になった英吉だ。

二

身の丈五尺四寸、しなやかで機敏そうな物腰の、背筋をすっと立てた英吉が歩いて来るのを、お麻はうっとりと見つめる。

「いつ見てもいい男だね」

お初までが若やいだ声を出す。

「こんばんは――」

言いつつ栄吉は治助の隣に腰を下ろした。

「おう、今日の商いはどっちだい？」

「四谷《よつや》、麹町《こうじまち》へと足を伸ばしました」

「そうかい、おれは本所の押上《おしあげ》村を駆けずり廻っていたよ」

「何でそんな遠くまで出張《でば》ったのですか」

押上村は、日本橋から一里余。寺社や大名屋敷が点在するが、広大な土地に田地や雑木林が広がり、ところどころに農家が散っている。

その閑寂な田園風景は、向島《むこうじま》の小梅《こうめ》村と並んで、江戸の富裕な商人たちに人気の別荘地でもある。

「古手川様が、本所方の助《すけ》っ人《と》として廻されたのよ。それというのも、押上村に北新《きたしん》堀《ぼり》町の大国屋《だいこくや》の寮があってよ。ゆんべ、その寮が丸焼けよ」

「えッ、あの大国屋さんの——」

「何だ、英さん知ってるのかい」

「お得意さんでございますよ」

大国屋は燈油問屋の老舗《しにせ》である。主人は宇衛門《うえもん》といって五十近い男だが、女房のお葉《よう》はまだ三十五歳の家つきである。つまり番頭だった宇衛門を婿《むこ》にしたのだった。

「まずは熱いのをお一つ——」

お麻が平膳に乗せた徳利と夕鯵の刺身を運んで来て、英吉の前に置いた。

「ありがとう」

にこっと笑んだ英吉がお麻を見た。その視線を治助に戻したのは、話の先を促す意味合いだ。

「無人の家が焼けたんなら、本所方が始末するのだろうが、何といっても人死《ひとし》にが出たんじゃや、事は厄介だ」

「どなたが亡くなられたのでしょうか」

「焼け跡から二人の死骸が見つかった。骨柄から見て、男と女だ。男のほうは主人の宇衛門、女のほうは妾《めかけ》のおしのらしい、となったよ」

「大国屋さんにお妾がいたのですか。わたしはお内儀《ないぎ》ひと筋の方だとばかり思っておりました」

宇衛門は仕事熱心な謹直者というのがもっぱらの評判だった。煙草《たばこ》も酒もやらず、その地味な風貌も、いかにも穏やかでもの静かな気質を表わしていた。

この男ならまちがいない、と先代が見込んで当時十九歳だったお葉の婿にしたのであった。

「自火だったのですか」

「もらい火のようだ」

「火元はどこなんです？」

「大国屋の寮から十五間（二七メートル）ほど離れたところに、田に水を引く小流れがある。その辺りは雑木溜まりがあって、ちょいと見通しがきかない。火元はその下生え辺りじゃねえかって話なんだ」

「妙ですね、まるっきり火の気のない場所じゃありませんか」

「そうなんだがね、これにはちょいとばかし絡繰《からくり》がある」

治助が気を持たせた。

「どのような——」

英吉よりもっと興《きよう》をそそられたのはお麻で、英吉の背にかぶさるようにして、聞き耳を立てた。

「以前もあったそうだが、小流れの水があるのを幸いに、浮浪者みたいのが野宿したらしい。そいつの煙草の火の不始末じゃねえかって話なんだ」

「今年の梅雨は雨が少ないから、そうした事は考えられますね」

「水気の少ない草が燃えて、その火が大国屋さんの寮へ走ったってわけ——？」

お麻の目がその火を見るように煌《きら》めいた
「昨夜は南風で、その風向きに煽られたらしい焼跡が地面にあったから、まずそんなとこだろうな」

「不幸中の幸い、と言っては何ですが、焼けたのが寮で、しかももらい火ならお店は安泰ですね」

せめてもの慰めとする英吉である。

昼飯どきの忙しさが一段落した時刻、英吉が〃子の竹〃に姿を見せた。着ているものは普段着の木綿《もめん》ものだが、きりっと襟元を合わせた身仕舞いである。

あ、そうか、とお麻にはぴんと来るものがあった。

「大国屋さんね」

「そうだ」

と英吉は頷いた。

「わたしもご一緒する」

「だけど――」

「いいじゃありませんか。英さんの許嫁《いいなずけ》としたら、おかしな事はないでしょ」

いささかお麻は強引だ。父親の治助も、母親のお初も暗黙のうちに二人の仲を認めてはいるが、二人はまだはっきりと夫婦約束をしていない。

その理由は英吉のほうにあった。

六年前、江戸へ出てきていろいろな家業を試した上で、いまの廻り小間物屋に腰を落ち着けた。商いに励み、近い行く末に小さくとも店を持とう、と腰を据えたが、まだその夢は遠い。その夢が実現したら、お麻を嫁にしようと、英吉の決意は強かった。

お麻は二十三歳だ。その歳で独り身なら、世間では行かず後家とみなされるのだが、お麻は焦っていない。

なぜなら、お麻は一度嫁いでいるのだ。相手は三ノ輪《みのわ》の青物問屋の息子で、子まで生《な》したが、我意ばかり強く、暴力的な夫に耐えかねて、離縁してもらっている。今年四つになる男の子を手離して、お麻は泣く泣く実家に戻って来たのだ。

英吉の住む神田松田町の長屋へ忍んで行くようになって半年余り。英吉の誠実な人柄を信じているからこそ、焦らずにいられるのだ。

——わたしが三十になっても四十になっても、そのときが来れば、英さんは私を嫁にしてくれる。

「てつさん、おっ母さんにはじき戻る、と言っておいてね」

お初は商いが暇な刻限を見計らっては、二階の住まいに上がって、仮眠をとる。なにしろ朝は六つ（六時）から帳場に座る激務をこなしている働き者でも、四十を出た歳では、無理はきかなくなっている。

「どうぞ、ごゆっくり行っておいでなさい」

店番のてつは気持ちよくお麻を出してくれた。

北新堀町は日本橋の北岸に沿って、ねずみ橋から永代橋《えいたいばし》までつづく町割である。倉庫の並んだ荷揚場と、広い道路に向けて戸口を開いているのは、ずらり大店《おおだな》ばかりである。

大国屋の大戸は閉ざされていて、宇衛門の葬儀は昨日のうちに済んでいたが、表には「忌中」の張り紙が出されている。その紙の白じらしさが、お麻の目に沁《し》みた。

路地に入ると、ちょうど大国屋の切戸口から出てきた夫婦者とすれ違った。二人も遅ればせながらの弔問客らしい。

応対に出た女中の案内で、二人は内所《ないしょ》の客間に通された。

室内には香の煙が立ちこめている。半間《げん》の床の間の横に、仏壇がしつらえられている。

待つほどもなく、しのびやかな足音がして、喪服の女が立ち現われた。泣いたあとのような目をして、くたりと膝を折り、

「わざわざお参りくださいまして――」

悲しみに沈んだ、柔らかい物言いのお葉である。

お葉の歳を三十五と聞いていたお麻の目に、お葉はひどく若い女房だと映じた。

骨細の体つきで、このようなときでも、青々と剃《そ》った眉が、しおらしい色気をかもし出している。

「このたびは突然の訃音《ふいん》に接し、申し上げるべき言葉もございません。せめてご焼香

なりと参りました。こちらはわたしの許嫁で麻と申します」

つい固苦しい口ぶりになる英吉だ。くだけようにも侍言葉が抜けないのだ。

英吉とお麻が焼香をすませると、お葉も膝を進め、自分も線香に火をともした。白く細い指の掌を柔らかく合わせ、深く頭《こうべ》を垂れた。

「あなた、あなた、英吉さんとお麻さんがおいでくださったのよ。それなのに、どうしてあなたはいないの。酷《ひど》いじゃありませんか、わたしを一人ぼっちにして――」

亡き夫《ひと》をかきくどくお葉の薄い肩が、痛々しく震えるのを、横から見ているお麻の胸まで、切なくやるせなくなってくる。

ややあって、体の向きを変えたお葉は、

「この先どうなるかわかりませんが、どうぞこれからもよろしくね」

二人に対して両手をつかえた。

三

「ほんとうに真面目で、立派な旦那さまでした。いつでしたか、お内儀がお留守のとき、持参した根付《ねつけ》を吟味なさりながら、お内儀について『美しい上に優しい女です』

とおっしゃって、それから照れておいででした」

英吉の思い出話に、お葉は袂《たもと》を顔に押し当ててむせび上げた。

ひとしきりむせび泣いて、ようやく落ち着きが戻ったらしく、細く白い指で目頭《めがしら》を押さえてから、

「わたしが悪いのです」

お葉は思いがけないことを言った。

「なぜですの？」

英吉の止める間《ま》もあらばこそ、お麻の好奇心が先走っていた。

「わたしが旦那さまに勧めました。仕事ばかりなさっていては、お体に毒です、たまには寮でのんびりなさいましって。商いのほうはしっかりした番頭も手代もいます。二日や三日、主人が留守をしても何の差し障りもありません」

「それで大国屋さんもその気になられた？」

それだけなら、お葉に落ち度なんかないのに、とお麻は思った。

「向こうには通いの下男もいるし、住み込みの女中もいますから、わたしがご一緒しなくとも不自由なことはありません。でも、やはり、気になって寮へ参りましたの」

「それならご主人も喜ばれたでしょう」

「え、ええ、まあ」

　お葉はそっと目を伏せた。

「でも、災難をよけられたのは、寮には泊まらなかったからですね」

「それは……ともあれ、下男と女中だけでは何かと行き届きません。ですからわたしが行って、仕出しの手配や酒の備えなど用意しております」

「でも、ご主人はお酒を呑まれないのでは――？」

「普段は一口も召し上がりませんが、寮に参りますと少しはね」

「ご主人一人を置いて、お内儀は帰られたことになりますが」

「はあ……」

　と、お葉は口ごもった。

　はっと胸を衝《つ》かれて、

「もしや、ご承知だったのですか」

　お麻は自分の口の軽さを悔いた。

「薄々、気づいておりました。このごろは、以前に比べて外出が多くなりましたし、世間は口さがないものです。大国屋が若い妾を持った、とわたしの耳に入れる者がおります。でも、わたしは目をつぶろうと決めました。主人は遊里にさえ足を向けた事のない人です。道楽一つなく、仕事一筋に打ち込んで来た人ですもの。そりゃわたしも女です、妬心《としん》もありますし、恨みがましさもありましたが、主人は変わらずわたしを大事にしてくれましたから、わたしは見て見ぬ振りを通しました」

「口にしにくい事ですが、焼跡から見つかった遺体は二人だったそうですが、住み込みの女中さんはどうしたのでしょう」

英吉が疑問をはさんだ。

「わたしが愚かでした」

血の気のない唇を、お葉はきっと噛んだ。それから吐き出した太息は、悔恨そのもののようだった。

「女中のおつやは、三笠《みかさ》町の親類に八歳になる娘を預けております。それでおつやには暇をあげる事にしたのです」

「何ともお優しい――」

亭主を妾と二人きりにしてやろう、という哀しい配慮だ。とお麻も英吉の言葉に共感していた。

「いいえ、浅はかの極みでございますわ。もしおつやがいれば、いち早く火に気づいていたでしょうから」

むせかえるばかりに燻《くゆ》り満《み》つ香煙をまとい、打ちひしがれたお葉は、立ち上がる気力も失くしているようだった。

「わたし泥鰌《どじょう》は苦手、まして丸のままなんて――」

お麻は、泥鰌の旨煮に箸を伸ばしている英吉に、大げさなしかめ眉をして見せた。

「お麻だってこの前、口の中がイガイガする蝗《いなご》の佃煮を肴にしたじゃないか。もしそれで飯を喰えと言われたら、わたしはすっぽろ飯にするね」

大国屋の帰り、英吉の思いつきで二人は霊岸島《れいがんじま》に渡った。湊《みなと》橋近くに〝菊月夜《きくづきよ》〟という店がある。

腕っこきの板前が、それこそ腕をふるって仕上げる料理は、どれも絶品として知られる店である。

黒竹《くろちく》のひと群《むら》を横目に戸口を開ければ、そこはわざとくだけた居酒屋造り。さりげなく凝《こ》った木口《こぐち》の造作が客をゆったりとさせる。

つけ台にはゆとりの間隔で竹製の腰掛が六つ。白木の飯台が三つ。入れ込みの広い畳敷があって、衝立《ついた》てでいくつかに仕切られるようになっていた。

飯どきには半端な刻限のせいか、店内の客は数えるほどしかいない。

二人が飯台に並んで座ったのは、そうそう腰を据えるつもりがないからだ。お麻には夕刻の忙しいひと仕事が待っている、英吉の財布のひもをゆるめさせたくもないのである。

英吉が泥鰌を肴に一合徳利の酒を空《あ》けた頃、店番の男衆《し》が、穴子《あなご》と白鱚《しろきす》の天ぷらを竹の器に盛って運んできた。

「江戸湊《みなと》の獲《と》れたてですよ」

からりとした口調が気持ちいい。この店の働き手はすべて男である。女を置かないのは、あくまでも味で勝負という心意気の現われだろう。

お麻がお相伴《しょうばん》の箸を手にしたとき、背後で器物の割れる派手な音がひびいた。床は土間ではなく小石が畳んであるから、陶磁器などを落とせば確実に割れるのだ。

「おいッ、人を虚仮《こけ》にするのかッ」

だみ声が負け犬の虚勢のように聞こえる。

思わず振り向いたお麻は、見るからに場違いな客の姿を捉えた。

一つの飯台の端に一人ぽつんと座り、その男を取り囲む空気だけが、冷えて角立っている。

痩せた肩をそびやかし、落ちくぼんだ双眸《そうぼう》に陰険な色をただよわせている。髭の剃り跡が濃いだけに、そげた頬はいよいよ暗い。歳の頃は四十がらみの職人ふうだが、着ているものは御納戸茶《おなんどちゃ》の縞ものに、帯は紺の博多献上《はかたけんじょう》。その帯に象牙《ぞうげ》の根付がぶら下がっている。

「おい、注文した酒はまだかッ」

振りおろした拳に、飯台が盛大な音を立てる。

「お客さま、もうだいぶお召し上がりですよ。そろそろおつもりの頃合いでしょう」

すっと脇に立った男衆が、やんわりといなす。

「初手《しょて》の客だからって、ずいぶんと粗末にしてくれるじゃねえか」

まともな客を装ったが、酔って本性が知れたといったところだろう。

ここは気楽に楽しめる店だが、勘定はそれなりにするし、品のよい商いぶりに定評がある。

小腰を屈めた男衆が、男の耳に何か囁《ささや》いた。

するとてきめん、男はふてたように肩をゆすり、よろけつつも座を立ち、素直に勘定を払い、精いっぱい空威張りを背に張りつかせながら立ち去って行った。

日頃から酔客を扱い馴れているとはいえ、見事な手並みの男衆だった。木綿の着物に片だすき、前垂れ姿の男っぷりが一段と上がって見える。

　お麻は小さく手招いた。

「はい、何かご所望で――？」

「そうではありませんが、一つお教え願えませんか。どうやってあの客を退散させたのでしょう。角を立てずにあしらう奇策と見たのですが――」

〝子の竹〟でもたまには酒の上での悶着《もんちゃく》がある。素面《しらふ》なら品よくまっとうな男が、酒という魔物に乗っ取られると、別人のように人格を豹変《ひょうへん》させることがある。周囲の客も酔っているから、何かのきっかけがあれば、まるで分別のない安本丹《あんぽんたん》の親玉か、鈍痴気《とんちき》の大棟梁みたいな具合になりかねないのだ。

「お客さん、手の内なんてございません。あのお方はおいでの際、私どものご贔屓筋《ひいき》の名を出されたのですが、どうも酒癖がよろしくないので、わたしはご贔屓のお客さまのお顔をつぶしますよ。と申し上げただけでして――」

　してやったり、と男衆は得意げな笑みを見せて引き下がって行った。

「今夜はどうするの？」

　ほぼ毎日、英吉は〝子の竹〟へやって来て夕飯を摂《と》る。

「そうだね、これから湯屋へ行って、腹が減ったら軽く蕎麦《そば》でもたぐるとしよう」

　そう言って、英吉は近々と顔を寄せてお麻の目を熱っぽく見つめた。

かっと頬を染めながら
「いいでしょ、今夜行っても……」

しどろもどろのお麻だ。

「ああ、待ってる」

泣きたいほど嬉しい男の返事だった。

四

明日が大国屋宇衛門の初七日《しょなのか》という日、その大国屋からの使いがお麻のところに来た。なぜ私のところへ、と首をかしげるお麻は、使いの口上《こうじょう》を聞くや、胸の内がこそばゆい思いになった。

どうやらお葉は、お麻と英吉をてっきり夫婦と思いこんでしまったらしい。亭主が外商いに出ている間、女房が〝子の竹〟で女中働きをしていても不思議ではないのだから。

それにしても、英吉がお麻をお葉に引き合わせたとき、店の名を出したかどうか、お麻には憶《おぼ》えがなかった。

その口上は、

「主人の本葬はごく身内だけで済ませました。何分、お役人様のお調べもあり、世間様に遠慮しての事でしたが、改めて初七日の供養をいたします。ご足労でもぜひとも列座していただけませんか」

と丁重なものだった。

その話をお初に伝えると、

「英さんにとっては大切なお得意さまだ。先さまが二人そろって、とお言いなら、いいよ、行っておいで――」

めずらしく快諾してくれた。

大国屋の菩提寺は、本所御舟蔵前《ほんじょおふなぐらまえ》の真言宗《しんごんしゅう》の寺であった。

お麻と英吉が着いたときには、すでに五十余名の人々が本堂に座していた。二人の着座を待っていたように、住職の誦経《ずきょう》が始まった。

「羯諦《ぎゃてい》羯諦、波羅《はらー》羯諦、波羅僧《はらーそう》羯諦、菩提《ぼうじ》會娑婆《そわか》、般若心経《はんにゃしんぎょう》」

住職は声を改めて、

「みなさまご唱和くだされ」

と、人々に促した。

「おんあんぼきゃ、べいろしゃのう、まかぼだら、まにはんどまじんばら、ほらばりたや、うん——」

いっさいの罪業を除くというありがたい経文も、その意味の不明な俗人は、いたずらに和尚の口真似をするだけだ。あくまで喉に小さく誦《ず》せば、人々の声は松籟《しょうらい》めいて陰々と堂内にひびく。

半刻ほどで式次のいっさいが終わった。

本堂を出て橋廊下を渡った広間に、お浄《きよ》めの座が設けられていた。

参列した人々の全員が着座すると、手ぎわよく斎《とき》が配膳された。

さすがに名にしおう大店の主人の法要だ。このような形式的な食事でさえ、見るからに名だたる料亭の仕出しのしつらえである。

お麻と英吉の座った席からは、広間の全体がほぼ見渡せる。

一家の主人の突然の、それも焼死という不測の出来事に、驚愕動転していたであろう家族や使用人たち。その人たちもここにきてどうやら冷静さを取り戻した様子である。

あの日、身も世もあらずの非嘆ぶりに乱れていたお葉も、ほっそりした白い指で、目頭をおさえはするものの、静かな表情をまといはじめていた。

透きとおるほど青澄んだ白い肌に、京人形じみた目鼻立ちは、ある瞬間、しおらしい色気さえ匂い立っているように、垣間《かいま》見せる。

それは胸の内の悲愴な緊張が、後家の身を美しく引き立てているのかもしれない。

とにかく沈みがちの席も、番頭や手代たちのきびきびした対応に、引きしまった空気の中で料理や酒がふるまわれていた。

英吉の隣は初老の女人である。知り人もいないのか、一人黙々と箸を動かしている。

「いかがですか？」

徳利を手に、英吉はすすめ、

「いえ、わたしは……」

水仕事にでも荒れたのだろう。女はその手を小さく振った。

「よございましょう、ご供養ですから――」

「へぇ、それでは……」

すんなり盃を手にとった。存外、いける口らしく、つがれるままに三つ空け、ほっと小さな息をはく。

「まだまだ働きざかりなのに、宇衛門さんもとんだ災難に遭《あ》ったもんだ」

「おまえさまは、宇衛門さんのほうの……？」

「へぇ、あの人の嫂《あによめ》でして――。お由《よし》と申しますだ」

宇衛門の身許については、ざっくりしたものだが英吉の耳袋《みみぶくろ》にも入っている。

実家は武州川越《ぶしゅうかわごえ》の農家で、次男の宇衛門は十三のとき、大国屋の小僧として奉公にあがった。

誰よりも真面目に働き、二十一で手代、三十で三人いる番頭の末席に連なった。

翌年、主家の長女お葉と祝言《しゅうげん》をあげ、入り婿となる。いかなる遊興にも気をとられず、仕事一筋の実直勤勉さを、先代に見込まれての人も羨《うらや》む出世であった。

お葉とは十四歳の年の差があるが、夫婦の仲は平穏な明け暮れで、やがて今年十五になる一子梅太郎《うめたろう》をもうけていた。

「お由さんのご亭主は……？」

「五年ほど前にね……」

「亡くなられた？」

「へぇ、ほかに近しい身内もおらんので、このわたしが名代《みょうだい》としてめえりましただ」

「川越からでは大儀ですな」

「いいえ、家のほうは息子にまかせっきりでも心配ありませぬだ。貧農だもんで、口べらしのつもりで、わたしは宇衛門さんを頼って江戸にめえりましただ。四年ほど前になるだが、宇衛門さんが口をきいてくれて、お茶屋の下働きに入ることができましただ」

よくよく見れば、四十代半ばの柔らかい張りもあるが、渋紙色の顔には深い皺《しわ》がきざまれ、筋立った手の指が、長い年月、肉体労働に従事してきたことを物語っていた。

「お茶屋ですか。いっそ大国屋さんの内所向きにお雇いになればよかったのにね」

「いいや、わたしにはどうも敷居が高いし、宇衛門さんも気がねだからって、いまのお茶屋に口をきいてくれましただ」

「あのお方は四方八方に気をお使いになるお人柄でしたね」

「ほんとによいお人でしただ。それなのに火に巻かれて死んでしまうなんて、可哀想でなりませぬ。ばかりか、おしのちゃんまで巻き添えになってしまうなんて——」

「おしのさんを知っておいでしたか」

「そりゃあ、もう、何てったってあの女《こ》も川越の出ですもんね」

さざ波が立つように、人々の間に動きがあった。席を移ったり、中座する者がいたりで、空気がちょっとくだけていた。

「ね、英さん私たちもそろそろおいとましましょうよ」

お麻が英吉の袖を引いた。

「そうだね」

二人そろって席を立ち、大番頭とお葉と梅太郎が並び座すところまで行き、挨拶をすませて履物をはいた。

山門に向かう手前の左側が本堂で、その勾欄《こうらん》に身を寄せるようにして立ち話をしている男が二人。

腕を組み思案顔でいるのは、大国屋の手代か番頭の一人だろう。法要の間、目に入った男なので見当が付く。控え目ながら、それとなく四方八方への気ばたらきを示していたのだ。やせているが筋肉質の体つきと、細面《ほそおもて》できりっとした顔立ちをしている。歳の頃は三十いくか、どうかというところ。

もう一人はまだ若い男。身丈は寸足らず。四角ばった体つきに、こちらを向いた面相は、太い眉毛に丸い三白眼《さんぱくがん》。見ようによっては童顔だが、いささか身持ちのくずれたふうが感じられる。

お麻と英吉に気づいたお店者が、若者の肩を押した。その手にさからわず、若者は急ぎ足になり山門へ向かった。

深々と頭を下げたお店者の前を、お麻と英吉は通り過ぎて行った。

……あくる日の朝。

夜が明けて一刻ほどもたつのに、じっとりと細い雨を降らす梅雨空のせいか、めりはりもなく薄暗い。

そんな中、岩本町《いわもと》の彦衛門店《ひこえもんだな》に住まう英吉のところへ、お麻が息せき切って駆け込んで来た。

「いったいどうしたの？」

「何だか雲行きが妙な具合になったのよ」

「梅雨荒れかな」

髭を当ったばかりと見え、早朝から、英吉はすっきりとした顔をしている。

「ふざけている場合じゃないのよ。英さん、この前の菊月夜の酔っ払いの客、おぼえているでしょ」

「人並み外れてもの覚えはいいほうだよ」

「江戸橋のところへ浮かんだのよ」

日本橋川には、城の外壕から一石橋《いちこくばし》、日本橋、江戸橋と架かっている。川はさらに下って大川《おおかわ》に注ぐのだが、江戸橋のところで、伊勢町堀《いせちょうぼり》の流れと合流する。

「河童《かっぱ》かい？」

「英さん！」

力のある美しい目でお麻は睨んだ。

「ごめん、それで……？」

「今朝早く、男の死体が浮いているのを荷足《にたり》の船頭が見つけたそうなの。突き流そうとしたけれど、杭に引っかかっていて突くに突けなかった、それで仕方なく引き揚げたんだって——」

「さては見に行ったね」

どんな変事でも、お麻の耳に入ればそのままではすまされない。お節介で物見高い性根《しょうね》が疼《うず》き出せば、足止めされるほど苦痛な事はないのだ。

「お父つぁんに知らせがあったので、わたしも走って行って見た。そしたら菊月夜で見たあの男だったのよ」

「死相なのにどうしてわかったの？」

「目が落ちくぼんで、頬のそげたところなんかそっくりだし、何より着ている物が、あのときの御納戸茶の縞物に、紺の博多献上の帯だもの」

「ふうん、水死なの？」

「刺し傷があるから、どうやら殺されたらしいって、お父つぁんが言ってた」

「たとえそうでも、わたしたちは偶然あの男を見ただけで、ほかに何の関連もないよ」

いかにも内心の血気を逸《はし》らせているお麻をなだめよう、と英吉は冷静に言った。

「だけど何か引っかかるなあ」

「それは治助さんの仕事だよ。お麻がしゃしゃり出れば、むしろ混乱を招くだけだ」

お麻はあからさまにむくれて、英吉のりりしい顔を睨んだ。

「よし、昼には浮世小路に行くよ。これから三軒ほど廻らなければならないんだ。どうしても外《はず》せない御得意さまなんでね」

商人にとって、何よりも商いを優先させるという精神を、英吉は会得したようだ。

五

雨は小止みなく降りつづいている。

英吉が〝子の竹〟にやって来たのは九つ半（一時）過ぎだった。戸口で保田屋の屋号入りの番傘の雫《しずく》を切ると、端折《はしょ》っていた着物の裾《すそ》を下して歩いて来た。

空いている飯台に座ると、寄ってきたお麻に、

「まず昼飯をいただきたいね」

と、英吉は贅肉の片鱗もない腹をさすって空腹を訴えた。

昼のお定《き》まりは、いさきの焼もの、こんにゃく雷炒《い》り、まくわうりの味噌漬け、あさり汁のおかずと白飯で、お代は三十六文だ。

その食事が終わる頃、治助も戻って来た。

「こんな刻限に英さんの顔を見るとはね」

昼飯は喰って来た、と言いながら、英吉の前の座に腰かけた。

「江戸橋の件、どうなりました？」

「どうなった――？」

お麻までが治助をせっついた。

「何でえ、おめえたち、雁首《がんくび》そろえて手先の真似か」

「もったいぶらずに教えてよ」

「お麻、女だてらに首を突っこむもんじゃねえよ」

「だけど気持ちがそわそわして落ち着かないの。抜いたはずの虫歯が、まだ歯の根に残ってるみたいに――」

「じつはわたしもさっぱりしないのですよ」

「どうさっぱりしないのかね？」

治助は困ったようにたくましい顔を撫でた。

「得意先廻りをしていても、どうも足がつまずいたような気分になるのです。足元を見ても何もない。石ころも段もないのに、足先が踏み迷う、そんな妙な心持ちなのです」

「気持ちが上《うわ》の空だって事か」

「お麻もわたしも、二人そろって無根の不審感に振り廻されているのでしょうか」

「しょうがねえなあ」

治助は身を乗り出して、声をひそめた。

「仏さんの身許は割れているんだ」

「早くわかりましたね」

英吉も小声になる。

「あいつは佐助《さすけ》といって、元々おれたちに面《めん》の割れてる男なんだ。佐助は錺《かざり》金具を作る職人で、神社仏閣の装具を刻ませたら腕はいいんだが、熱が入るのは博奕《ばくち》と酒ばかり。ろくに仕事もせず、悪所に出入りしている小悪党だ」

「いかにもねえ」

お麻は、菊月夜で見た佐助の、陰惨な翳《かげ》りを染みつかせた風貌を思い出していた。

「下手人《げしゅにん》は――?」

「どこの誰ともわかっちゃいねえ。どうせ博奕のいざこざなんぞが因《もと》だろうが、背中と腹を刺されたあと、川に放りこまれたってとこだな」

「遺体はどうなりました?」

英吉がこめかみの辺りを押さえながら訊いた。

「竈《へっつい》河岸に面した住吉《すみよし》町に女房と子がいて、そこに引き取られた」

「住吉町なら江戸橋に近いですよね。六丁ほどでしょうか」

「さて、これから忙しくなる。どうにも下手人を洗い出さなきゃならねえからな。お初、帰りは遅くなるかもしれねえが、店を閉めるまでには戻れるだろう」

低いがよく響く声で女房にそう言うと、四十を過ぎても衰えぬ活気ある足取りで出かけて行った。

そのうしろ姿を見送る英吉は、ほとんど無意識のようにこめかみを押さえていた。

次の日も、江戸の街はそぼ降る雨に濡れている。

朝の四つ(十時)、石町《こくちょう》の鐘の音に追い立てられるように英吉が〝子の竹〟に顔を出した。

「ちょっといいかな？」

戸口のところでお麻を手招いた。何かにせかされているようで、ろくにお初に挨拶もしない。

「どうしたの？」

と訝《いぶか》しむお麻へ、

「昨日、佐助の死を聞いたときから、ずっと喉につかえていたものがわかったんだ。今朝になって、そのつかえがふっと浮上して来たのさ」

英吉は自分のこめかみを突いて見せた。

「何だったの？」

「菊月夜での佐助は、象牙の根付を帯に挟んでいなかったか？」

「……いた。わたし憶えているわ」

「住吉町まで付き合ってくれ、委細は道々話すよ」

「わかった――」

お麻は前垂れをはずし、そばを通りかかった店番の文平《ぶんぺい》に投げ渡した。

中休みのために帳場を下りたお初が、それを見咎《みとが》め、

「お待ち――」

間髪《かんはつ》を入れぬその声を背に、もうお麻は小走りになっていた。

伊勢町堀の北側の道に沿って足を急がせながら、お麻は英吉に尋ねた。

「あの根付がどうかした？」

「象牙の根付なんて高値だが、別に珍しいものではない。わたしの荷の中にもあるよ」

「だけど、あの佐助って男には分不相応な品だと思う」

「それもあるが、あれは私の手を経たもののような気がしてならないのだ」

「つまり、英さんが誰かに売った品だと――」

お麻がちょっと遠くを見て、

「わたし、見た」

お麻の言葉に、英吉は思わず足を止めた、

「ほんとうか、で、どんな細工だった？」

「たしか、猪《いのしし》を彫ったものだったわ」

「猪！　見誤ってはいないね？」

根付の差し渡しは、せいぜい一寸ほどだ。

「わたし、目がいいのよ、あれはまちがいなく猪よ」

「大国屋さんだッ」

英吉は思わず声を高くした。

「えッ?」

「あれはわたしが大国屋さんにお売りしたものだ。そうだったのか、だからわたしの神経に引っかかっていたのだな」

「英さんの勘ちがいじゃないの」

にわかには信じられないお麻だった。

「いや、大国屋さんは印伝革《いんでんがわ》の財布の山吹色の紐《ひも》に、あの根付をつけて帯に挟んでおられた。そうだ、佐助の帯に見えたのも、同じ山吹色の紐だったのだ」

「どうして大国屋さんの根付を、あの佐助が持っていたのかしら?」

「それを佐助のかみさんに訊くのだ」

竈河岸には、出荷を待つ竈《かまど》がずらりと並べられている。かぶせた菰《こも》はじっとりと濡れ、音もなく雫をしたたらせていた。

住吉町は、その河岸道に面していて、佐助の家はその裏長屋である。

木戸を入ると、線香の香りが漂って来た。

お麻と英吉が目を見交したのは、それが佐助の葬儀だとわかったからだ。

六

貧乏暮らしの裏長屋の葬式は、どこも似たり寄ったりの仕様である。旦那寺《だんなでら》への連絡、早物屋《はやもの》の手配と、家主が何くれと面倒を見てくれるが、それはもう簡素きわまるものになる。相長屋《あいながや》の住人たちが、せめてものささやかな飲食物を持ち寄ったりして、哀悼の席をしつらえる。

それにしても佐助の家は静かすぎた。

腰高障子は開け放たれているが、出入りする人の影もない。土間に三畳、その奥の六畳に佐助の遺骸は寝かされていた。新しい莚《むしろ》の上に横たえられ、上に木綿の着物がかけられてあった。借りものだろう経机《きょうづくえ》の上に、一枝の樒《しきみ》と、香煙をあげている香炉がのっている。その手前に中年すぎの女と、若い男がかしこまっているきりで、気の滅入《めい》る空気に、息も詰まるほど惨めな喪の家に思えた。

この近隣において、小悪党の佐助が、いかに嫌われ、爪はじきにされていたかの証《あかし》のようでもあった。

「このたびはどうも、とんだことで……お悔やみ申します」

土間に並び立って、お麻と英吉は腰をかがめた。

「わざわざありがとうございます」

顔色が悪く、貧相な体つきの女だが、意外なほどしっかりした語調だった。

「あの、お線香をあげさせてくださいましな」

話の穂をつぐためには、まずは手順を踏むことだ。お麻の言った言葉に、女はほっとしたように、表情をやわらげた。

「あんなろくでなしでしたが、どうぞお願いします」

あいにくの雨空だから、長屋にくすぶっている人たちの弔問がひとしきりすんで、それっきり人の出入りは途絶えていたのだろう。それに二人が佐助の悪仲間でないのは一目であきらかだから、女は心をなごませたようだ。

焼香がすんで対座したお麻と英吉に、

「女房のみちです。こっちは倅の茂《しげ》。ウチの宿《やど》がそちらさまにお世話になったのでしょうか」

「いや、いや、佐助さんとは飲み仲間でしてね、お世話するとかしないとかの間柄ではございません」

当り障《さわ》りなきよう、英吉はぼかした。

「よござんした。あっちにもこっちにも迷惑かけっぱなしで死んでしまいましたんでね。ほんとは知らない人が来るのが恐かったんです。なにしろあちこちに借金があったはずで。ところが、死んだと聞きゃあまっさきに素っ飛んで来るはずの借金取りが、一人も来ませんのよ。もっとも来たところで、カタになるものは何一つありませんがね」

ひ弱に見える外見とちがって、おみちは気丈な女だった。

「いや、たとえ借金があったとしても、おれが頑張って返していくさ」

けなげな茂だ。

「この子はまだ十八だけど、お父つぁん仕込みのいい腕をしていますのさ。いずれは名うての錺職人になるだろう、と評判もあるくらいで。ウチのあの莫迦《ばか》も、真面目に仕事さえすれば、いっぱしの頭《かしら》で通用したのに。……ほんとに、もうッ」

亭主の悪遊びがいかにも口惜《くちお》しいと見え、色の変わるほど噛んだ唇を、おみちはへの字に曲げた。

「ところでおかみさん、佐助さんは象牙の根付のついた、たぶん財布だと思うんだが、それを持っていなすったね」

いよいよ本題に、英吉が入った。

「はい、あんな値の張るもの、どこでかすめとってきたものか、十日ほど前からぶら下げていましたね」

「猪の細工がしてありましたね」

「しかも印伝革の財布でしたよ」

「それ、いまこちらにありますか？」

「それがどこにもないんですよ。葬式代が要《い》るので、私も家じゅう探してみたのですが、ありませんでしたね」

それでは、と二人は腰を上げて長屋を出た。

「財布は、川の中に落ちているのかもしれないな」

「それとも佐助を殺した人間が、奪ったのかもね」

「奇妙だな、どうして大国屋さんの持ち物が、佐助の手に渡ったのか。その経緯《ゆくたて》を調べる要がある」

木戸を出たとき、お麻が英吉の袖を引いた。

「ほら、あそこにいる若い男……」

かしげた傘で自分の顔を隠しながら、お麻の白い指が河岸の方角を示した。

英吉も用心しながら視線を動かした。

「あ、憶えがある。あれは大国屋さんの葬儀の日、寺で番頭らしいのとひそひそやってた男じゃないか」

長屋への路地を覗きこむようにしてたたずむ男。歳はまだ若い。四角ばった、寸足らずの体つき。眉太く、丸い三白眼。

「おいでなすったわね」

「うん、どうやら図星にあたったようだな。これで佐助にも大国屋さんとの繋がりが出てきた事になる」

「でもあの物堅いと評判の大国屋さんと、やくざな佐助とどこでどう繋がるのかしら」

「よし、あいつのあとを追ってみよう。お麻はひとまず帰っててておくれ」

お麻が去ってから四半刻、長屋への出入りを見張っていたような男が、やっと動いた。

男は浜町河岸《はまちょうがし》に沿って大川に出ると。川端をゆっくりと歩き、やがて新大橋《しんおおはし》を本所へ渡った。

大川は霧雨にけむっている。派手な弁慶縞《べんけいじま》の木綿物を尻端折《しりっぱしょ》りした男の姿も、灰色の雨の中。

大国屋の菩提寺では、あの男もこちらに気づいていた。ほんの束の間でも、お麻と英吉の顔を凝視している。

だが、雨が幸いしている。面体《めんてい》を隠すのに傘はおあつらえ向きだ。追跡も気づかれにくい。

男の短軀は小名木《おなぎ》川に架かる万年橋《まんねんばし》を渡って深川《ふかがわ》に入った。さらに仙台堀《せんだいぼり》を越えてから油堀《あぶらぼり》に出た。

深川は堀だらけの街である。東西南北へ、あるいは斜めに四通八達している。油堀がふた手に分岐している辺りから、三角屋敷、裾継《すそつぎ》、櫓下《やぐらした》などの岡場所が、入堀に沿うようにして建《た》てこんでいる。

——ここいらで昼遊びか。

たとえ線香一本分（約四十分）でも、間抜面《まぬけづら》して待つしかないか、とくさった英吉だったが、男は丸太橋から富久町《とみひさ》へ入って行った。

富久町の路地の奥に小さな平屋がひっそりと並んでいる。静かなのは松平《まつだいら》家の下屋敷と隣接しているせいもある。

男は　突き当たりの家へ消えて行った。

英吉はその家の前まで行ってみた。

小ぢんまりとして、戸口の横には紫陽花《あじさい》やつつじの鉢がきちんと置かれ、青や薄紅の花が雨に重たげだった。

住む人の手入れがしのばれ、あの悪童めいた面構えの男には、どこかそぐわない家である。

路地に人影もなく、英吉は表の通りへ戻った。角店に「あめ」の看板が出ている。間口二間の小店ながら、上品《じょうぼん》を扱っている。

寿命糖は値もそこそこだが、カルメラや金平糖《こんぺいとう》は高値品だ。

英吉は金平糖を買うことにした。一斤（六百グラム）が四百文（約一万円）というのを、銀一匁（約千六百円）ぶんだけくるんでもらう。

「ところで、この突き当たりの家はなんですかね、どなたがお住まいで……？」

甘い飴を商っているのに、苦虫を嚙みつぶしでもしたような渋い顔の中年の店主は、えへんと一つ咳払いをしてから、

「あそこの住人は姉弟だよ」

口調は軽い。

「二人だけで……？」

「いまは、弟が一人だけだ」

「どうしたことで……？」

「可哀想に、姉さんは死んだんだよ」

「そうでしたか、お気の毒に——」

「あそこに越して来たのが、去年の暮れ頃だった。弟のほうはどう見ても遊び人でね、まともな職はもってなかったようだ。姉さんはおしのさんといって、歳の頃は二十三、四。明るく元気で、美人というより愛嬌のある顔立ちだった」

顔に似ずなめらかな舌だ。

「稼業は……？」

「それがどうもいいご身分らしく、何の稼ぎもしていなかった。ときおり、地味ながら結構な身装《みなり》の男が訪ねてきていた。そのうち、おしのさんはその男の妾だっていう噂が立った」

「妾奉公なんですか」

「そのわりに旦那のお出ましは少なかったね。普通は旦那があまり来なかったり、安囲いの妾だと、何人もの旦那を持ったりする。でもおしのさんにはそんな様子もなかったから、よほど給金がいいんだろう、と世間は口さがない」

店主は自分のことは棚にあげる。

「たいてい妾の住まいというのは、風流な趣のたたずまいだから、一目でそれとわかるものだが、あの家はどこにでもある仕舞屋《しもたや》造りって感じですね」

「そう、暮らし向きは慎ましそうだったよ。大六《だいろく》は、あ、それ弟の名だ。その大六はぶらぶらしていたが、岡っ引に目をつけられるような悪さはしていないようだ」

「おしのさんて女《ひと》は、何で亡くなられましたか？」と訊くと、

「それが、旦那とともに焼け死にされた――」

そのひと言で英吉の思考がいっきにほぐれた。

「おしのさんの旦那は大国屋さんではありませんか」

つい急《せ》きこんだ声で身を乗り出した。

「さて、そこまでは……」

「今月の初め、押上村で火事があった。その火で大国屋さんの寮が焼けた。焼跡から二人の死体が出た。大国屋さんと妾だ、ということがわかったのだよ」

「そうでしたか」

「おしのさんのお弔いはあの家で……？」

「いや、大六の話では、押上村の村役人の肝煎《きもいり》で、すべてあちらで済ませた、と言っておったね」

おそらく大国屋側が必要な入費を負担し、てぎわよく事を処理したのだろう。当主が死んでしまったからには、一日も早く妾やその親族と縁を切りたい、そう考えても不思議ではない。

宇衛門の初七日の式に、大六の顔が見えても、ことさら異《い》を唱えることもないだろうが、大国屋にとっては迷惑だっただろう。

問題は佐助の家の辺りを大六がうろついていたことだ。

そこのところがどうしてもほぐれないのだ。

直接、大六に問いただすのも一手だが、すんなりゆくとはかぎらない。もし彼にうしろ暗いところがあれば、かえって手こずることになる。

ここは一つ様子を見て、出直すことにしよう——。まずはお麻のところへ。

七

その頃、英吉と別れたお麻は一人八丁堀《はっちょうぼり》へ向かっていた。

時刻はずれの雨のせいか〝菊月夜〟の店内は閑散としていた。

お麻の顔を見た先日の男衆が、迎えに立った。

「おいでなさいませ、お一人でしょうか」

「そうなの、でも、今日はお客じゃないのよ」

「では、どのようなご用向きで――？」

「今朝の、川向こうの騒ぎをご存知かしら」

「さて……」

〝菊月夜〟のある富久町は日本橋の南岸で、佐助の死体の浮かんだ江戸橋は、十丁ほども上流だから、騒ぎが届いていないのも無理はない。

「この前寄せてもらったとき、悪酔いしたお客がいましたね」

「へい、さぞご不快でしたでしょう」

「あの人佐助さんとお言いだけど、今朝、江戸橋のところで死体で浮いていたそうよ」

「えッ！」

男衆は目をむいた。

「殺されたらしいの」

「ここの常連じゃありませんからね」

迷惑千万とばかりに男衆は眉をひそめた。

「大国屋さんはよくおいでになるの？」

「さほどしょっちゅうじゃありませんが番頭さんの頃から、たまにお客人と——」

「佐助さんというあの人は、大国屋さんに連れて来られたのですか」

「わたしは憶えがありませんが、あの日、あのお客様が見えたとき、お断りしようと思ったのです」

おそらく佐助の見るからに好ましからぬ風貌が、男衆には受け入れがたかったのだろう。

「あのときはまだ、大国屋さんが亡くなられたのを知りませんでしたが、大国屋さんの名を出されたので、仕方なくお入りいただいた。しかし、案の定あの乱酔です。そこでわたしは、大国屋さんのご迷惑になりますよ、と申したところ、それが効きました」

「あの二人にどんな関わり合いがあったのでしょう」

「さて、そこのところはわかりませんが、釣り合わない組み合わせですね」

これで大国屋宇衛門と佐助がどこかで絡んでいる、と知れたが、そのふたりともすでに死者である。


金平糖の土産をもらって、お初は嬉しそうだった。英吉がお麻を連れ出した事など、けろりと忘れている。

浮世小路の店々に、ぼちぼち灯が点《とも》る頃になって〝子の竹〟の夜も賑やかになって来た。

「ならず者の佐助と固い一方の大国屋さんとは、ずいぶんちぐはぐな取り合わせだね」

所定の飯台につくと、お麻を摑まえた英吉が言った。

三つある飯台は、三人がそれぞれ向き合って六人が座れる。その飯台も治助の席を残して、すべて埋まっている。

店番のてつと文平とお麻で配膳に飛び廻る刻限だが、合い間合い間に、お麻と英吉は話を交わすのだ。

「人って、わからないものね」

お麻は途方にくれたように言った。

あの朴直律義いっぽうの宇衛門ですら、妾を囲っていたのだ。それを知りながら、女房のお葉は慎み深く亭主につくしていた。

店の中がいくらか落ち着いて来た。外はとっぷりと暮れて、その湿った闇から抜け出すようにして治助が帰ってきた。

英吉の隣に座るなり、お麻を呼び寄せ、

「熱いのを頼む」

と言いつける治助に、英吉は大国屋と佐助の件を話した。

「ああいうごろつきは、金のあるところへ喰いつくからな」

治助はいやというほどそうした例を見ているのだ。

「大国屋さんに、佐助につけいられる弱味でもあったのかもしれませんね」

英吉も同感だった。

「その大国屋の寮の火事だがな、浮浪者の火の不始末としても、いま一つ不審が残るので、調べはつづけるように、とのお指図だ。やれやれだよ」

ねぐら定めぬ浮浪者など、まるで摑みどころがないのだ、と治助は嘆いた。

燗徳利と猪口、肴の小皿を乗せた平膳を運んで来たお麻に、

「明日、三笠町に行ってみよう」

英吉はそう言ってから、手酌の酒をゆっくりと口に運んだ。


三笠町は本所南割《みなみわり》下水《げすい》の北側に一丁目が二つ、二丁目が一つの町割になっている。

ここはかつて江戸城三の丸付の下男、小者たちの住む組屋敷があった所だが、いまは町方へ払い下げになっている。

大国屋の寮のあった押上村から、歩いて小半刻のところになる。

わりあい広い土地だが、大国屋寮の下女だったおつやの妹のおりくが住むのは百軒長屋で、木戸番に訊くとすぐ知れた。

妹おりくとその亭主の姿は見えず、おつやは井戸端で娘に手伝わせて、洗濯物の山と格闘していた。

二布《ふため》をからげてしゃがんだままのおつやは、逞《たくま》しい百姓女といった風体《ふうてい》で、腕も脚も肉がもりあがっている。おしのの縁故の者だと名乗った。

「たまげたねえ、あんないい旦那さまが、もらい火で死んでしまうなんて、それもお

しのさんともどもだもの、人の世はわからないもんだ。おかげで私まで妹のところに居候だから、肩身がせまいったらありゃしない」

　言葉のわりにはあっけらかんとした物言いだ。

「あの日のことを憶えている？」

「むろんさ、八丁堀の旦那にしつこく調べられたから、すらすらと口に出せるだよ」

「大国屋さんはよく寮を使うのかい？」

「そうでもない。月に一、二度かな、おしのさんとご一緒に来て、何かにつけおしの、おしのって、そりゃあまあ可愛くて仕方ないご様子だった。おしのさんのほうもすっかり甘えて楽しそうにしていた。まあ、親娘ほども歳のちがう仲だもの無理もないさね」

「火が出たのは夜半だが、おつやさんはこっちへ帰っていたそうだね」

「ええ、旦那さまとおしのさんが着いたのが、正午すぎ。下男の正太《しょうた》はいつも七つ（四時）には帰ってしまう。わたしはお膳や酒の支度をして七つ半（五時）にあそこを出た」

「大国屋さんはご酒をたんと召し上がる人じゃなかった、と聞いていますけど――」

　お麻が口を挟んだ。

「ええ、でも前の日にお内儀がみえて『明日、旦那さまが骨休みに来るから』とこまごま用意をなさった。魚屋や仕出し屋の手配に正太を走らせ、小僧に持たせて来た極上の諸白《もろはく》を、二本の小半《こなから》（二合半）徳利にご自分で移したりと、万端仕度をなさった、お寝間に花まで活けたんですからね」

夫が妾連れで保養に来るのを承知の上で、そこまで気遣いするなんで、貞女の鑑《かがみ》というべきか。

「ずいぶんと気の廻るお内儀だけど、いつもそうするの？」

「たまにですけど——」

「おつやさんはたびたび休みをもらうのかね」

「そんなことはない。あの日は旦那さまが、もういいから娘のところへ行っておやり、泊まってくるといい、そう言ってくれたので——」

「おつやさんは、おしのさんの弟の大六を知っているかい？」

「いいえ」

「では、佐助という職人はどうかな？　いい腕の錺職だが、見た目はやくざっぽい。ひょろりと痩せていて、頬がげっそりとそげて、目の落ちくぼんだ四十くらいの男だ」

「そうねえ——その人かどうかわからないけど、似たような男を見た憶えがある」

「どこで——？」

「寮の裏の草っ原ですよ」

「いつだね？」

「そうねえ、ひと月ほど前かしら」

「ふーん、旦那とおしのさんのほかに、寮を使うのはどなたかな？」

「どなたもいらっしゃらないよ」

「旦那とお内儀が一緒に来る事はないのかね？」

「わたしがあそこにお世話になってかれこれ五年。お二人で見えたのは数えるほどしかありません。もともとお内儀は『こんなひなびたところは、夜は寂しいどころか、怕《こわ》いぐらいだ』と言っておいでだったね」

洗濯の手も休めず、おつやはこういった話をしてくれた。

長屋を出ると、

「おつやさんが見た男は、もしかしたら佐助かもしれないわね」

お麻はそう言って英吉の賛同を促した。

「おそらくな」

八

三笠町を出た足で、二人は押上村へ向かった。

本所でも横川《よこかわ》から東は、諸家の下屋敷と寺社のほかは田畑ばかりである。開墾されていない草地や雑木林も多い。

大国屋の敷地は二百坪ほどで、そのぐるりはいまは焼けて柴垣の残骸だけになっている。

家屋も、よくも焼けたとばかりで、形をとどめる柱すらなかった。

そこから、十間ほど離れた小流れの際《きわ》には雑木が何本かあって、そこまで一条の黒い線が走っている。草の焼け焦げた跡だ。

お麻と英吉はずっくりと濡れた草を踏んで、その線をたどってみた。

「あの雑木の下で誰かが野宿して、その火の不始末で大国屋さんの寮が焼けたってわけね」

「そういう事になっている」

英吉が答えたとき、

「どちらさまで……？」

いきなり背後から声がした。

見れば洗い晒しの下着に下帯だけの男が、鍬《くわ》を手に立っていた。

「大国屋さんの縁《ゆかり》の者で、ちょいと焼跡を見に来たんですよ」

「こんな所だから、火が広がらないで幸いだった」

「あなたは……？」

そう訊いたお麻に、男は黄色い歯を見せた。

「そこの松吉《まつきち》屋敷の下男だよ」

男の上げた腕の二丁ほど先に、大きな農家があった。そこの下男だと言う男は何か喋りたそうな様子である。

「この前、お取り調べのお役人さまには、見た事をすっかり話しただがね」

「何をごらんになったの？」

「おらは屋敷の長屋に住み暮らしていて、わしらの使う厠《かわや》は外にあるだ。あの日も夜中に目が醒《さ》めて、厠に立っただ。風の強い日だったな。ふと向こうを見ると、草地を火が走っていただ」

「走る火か」

英吉が頷いた。

「うんだ、火の川がものすごい勢いで流れているように見えただ」

「これがその火の走った跡なんだね？」

地面を指して、英吉は確認した。

「その火が大国屋さんの屋敷へ走りこんだのだ。とたんに家は真っ赤な火に包まれてしまった」

「よほど火の回りが早かったのだな」

「お役人さまは大国屋さんは商売物の油を置いていたのだろう。その油に火がつけばひとたまりもない、と言っておいでだった」

「お役人もこの火の川の跡を見たんだろう？」

「さいで――だけど明け方にいっときざあっと雨が降ったから、何かを探しても無駄だったかもしれねえ」

男は鍬を肩に去って行った。

「おつやさんの話では、佐助らしい男がここへ来ていたそうね。英さん、これをどう思う？」

「仮に、佐助が火をかけたとしよう。それも油をまいて火の道を作ったのでは――」

「直接家に火を付けなかったのはなぜ？」

「自火だと罪は重い。たとえ焼けたのが寮でも大国屋は欠所《けっしょ》だな。だが、もらい火ならお家は安泰だ」

「佐助にとって、大国屋さんはどういう立場だったのかしら」

「おそらく、佐助は金で雇われたんじゃないか。雇った人間は、大国屋を潰したくない者だ。だから、以前の浮浪者にかこつけて、野宿した者の火の不始末に偽装した」

話しているうちに、英吉は自分の仮説が真実のように強く思えて来た。

「すると大国屋さんの益を重く見た人間が、佐助をそそのかし、付け火させ、あげくその佐助を殺《や》ってしまった――」

「飛躍しているようだが、理は通っていると思うのだ」

「大六はどうなのかしら。だって大六なら大国屋と佐助の両方に絡んでいる。妾づとめの姉のところで居食いしているゴクつぶしだもの。金のためなら何でもやりかねない男だと思う」

お麻の脳裡に、宇衛門の法事の寺で、大六と何やら話していた男の姿が去来した。あの男は大国屋の使用人の一人ではないだろうか。

お麻と英吉は、天神《てんじん》川に出て猪牙《ちょき》に乗った。大国屋に乗り込んでみるつもりなのだが、歩くにはいささか遠い。

天神川から竪《たて》川に出て、さらに猪牙は大川を下り、日本橋川に入った。

北新堀町の荷揚げ場には倉庫や蔵が並び、道幅も通町《とおりちょう》並みに広い。

その道に面した大国屋は大戸を開け、商談の人らしい出入りもある。忌が明けて元の日常が戻ったようだ。

だがそこに宇衛門はいない。その事がお麻の胸にずしんとこたえた。全くの他人でありながら、一人の人間の死が、こうもむなしく感じられるものなのか、と胸の内に無情な風が吹き抜けるようだ。

通用口で訪いを入れた二人は、内所の客間に通された。あの日と同様、仏壇に焚《た》かれた香煙にむせかえりそうになる。

「わざわざお運びいただいて、ありがとうございます」

「内儀さんに是非《ぜひ》伺いたい事がございまして――」

お麻の言葉に、

「何なりと――」

お葉は白い指の手を胸の前で重ねた。

「亡くなられた旦那さまは、印伝革の財布に象牙でできた猪の根付をつけておられましたね」

「あぁ、あれですか」

それが何か、とお葉の目に不審な色が浮かんだ。

「いまでもおありでしょうか」

「さあ、あると思いますすね。いま調べて参ります」

お葉は客間を出て行ったが、しばらくして戻り、

「変ですわ、どこにもございませんの。どこかで失《な》くされたのでしょうか」

首をかしげた。

「失くされたのではなく、どなたかに差し上げたのでは——？」

「わたしにはわかりかねます」

そのとき、廊下で声がして、境の襖が開かれた。

「ただいま戻りました」

敷居際に膝を突いているのは、歳の頃三十ばかりの番頭らしき男だ。

「ご苦労だったね。新五郎《しんごろう》」

柔らかい物言いでねぎらうお葉の、静かな微笑を見返す新五郎に、あッ！　とお麻

は胸の内で叫んだ。

細面で整った目鼻立ちの、切れ長の眸《ひとみ》がよく光る男の顔は、お麻の記憶にくっきりと残っている。

宇衛門の法要の寺で見かけた男だった。あの大六と顔をつき合わせるように、立ち話をしていたのが、この新五郎なのだ。

「お内儀は大六という男を知っていますか」

何か言いたそうなお麻を目で制しておいて、英吉が訊ねた。

「いいえ、存じませんわ」

「おしのさん、つまり宇衛門さんが面倒を見ておられたお女《ひと》の弟だそうです」

「おしのさんの弟……」

お葉は戸惑ったように視線を泳がせた。亭主とともに焼死した妾の弟の存在を、どうにも受け止めかねている様子だった。

九

大国屋を出て、日本橋川に架かる思案橋《しあん》のところで、お麻はふと足を止めた。

「ねえ、英さんは、お葉さんをどう思う？」

「宇衛門さんとの間に子がありながら、まるで世間知らずの娘みたいじゃないか」

「わたし、どうしてもすっきりしないの。ご亭主が死んで、あれだけ嘆き悲しむというのは、それだけご亭主を愛《いと》しく思っているって事よね。それなのに、妾を呼びこむ寝所に花まで活けるなんて、貞女というより不気味だわ」

「わたしは女心には疎《うと》いからなあ」

面目なさげな英吉を流し見てから、お麻は駒下駄で小石を蹴った。小石は橋の欄干に当たり鈍い音を立てて川の流れに消えた。

「ああ——」

と、お麻は何事か思い当たったように息をついてから、

「英さん、もしわたしが死んだら、その仏前で掌を合わせてくれるわよね」

「何だよ、縁起でもない」

真顔で、英吉は気色《けしき》ばんだ。

「ね、ここでこうやって掌を合わせてみて——」

「よせやい。川っぷちで、二人して掌を合わせていたら、心中者とまちがわれるぜ」

「わたしたち、大国屋さんにお焼香に行ったわね。わたしたちのあとに、お葉さんも

お線香を上げていた。そのときわたし、何かちぐはぐな気持ちになった。あのときは見過ごしにしていたけど、いまわかったの」

「いったい何がわかったのさ」

「お葉さんの掌の合わせ方よ。身もだえするほど悲しくつらいとき、人はこうやって拝むんじゃないかしら」

両の掌をぴたりと隙間なく合わせ、お麻はぎゅっと両目を閉じた。肩にも腕にも力がこもっている。

英吉もつられて掌を合わせた。

「うん、満身の思いを込めれば、合わせた手が震えるほどだ」

「ところが、あんなに嘆き悲しんでいたお葉さんの手は、ふっくらとふくらんでいたのよ。蓮《はす》の花のつぼみのようにね。お葉さんのあの悲しみ方は嘘だったのよ。ご亭主の死を悲しんでいないから、あんなおざなりな掌の合わせ方になったのだわ」

「もしそうだとしても、それだけでは罪にはならない。人は心の中にさまざまな思いを秘めている。言い替えれば、人は何一つ罪を犯さずに生きてはいないものだ」

「そうね、心の中である人を殺してしまいたいと思っても、それだけなら罪にはならない」

お麻はふと三年前に離縁した男の事を思い出した。その男は多助《たすけ》といって、三ノ輪の青物問屋の跡取りだった。

多助はひどく身勝手な我儘者だった。ごく些細な事でも気に染まなければ、女房のお麻に乱暴を働く。お麻の体に傷や痣《あざ》の絶える日はなかった。

当然、亭主に対する恐怖と憎悪は、日増しに増幅してゆく。そんな日々から生まれた感情が罪悪だと知りつつ『死んでしまえばいい』と、お麻は念じていたのだった。

だがいま、お麻は英吉によって救われている。穏やかだが温かい男の愛情に包まれて、娘の頃の明朗闊達な輝きを取り戻している。

「だけど、大国屋さんの一件をこのままにはしておけないわ」

「よし、これから富久町に行って、大六を突ついてみよう」

「いるかいッ」

英吉はわざとくだけた声のかけ方をして、戸口を開けた。

「誰でえ」

いっぱしの喉声で答え、大六が戸口に現われた。

「浮世小路の親分の使いの者だ」

町方の御用を預かる手先の下っ引、と勝手に思いこんでくれたら、話が早いと英吉はその場しのぎの手段を使った。

「へえ、どのようなご用で——?」

たじろぐ大六の表情は、いかにも小心者らしく落ち着きを失っている。悪を気取っていても、案外汚れきっていないのかもしれない。

「大国屋の一件だ。そう言やあわかるはずだ」

「おいら何も知らねえよ。それにうしろの女は誰なんだ」

英吉のうしろにいるお麻をじろりと見た。

「佐助の女房さ」

咄嗟《とっさ》に水を向けたお麻に、大六は疑い深そうな目の色になった。地味づくりでも、お麻の容姿は職人の女房にはほど遠い。

「嘘だあ」

「嘘なもんか、おまえさんに殺された佐助の女房だよ」

痛撃を喰らったように、大六はよろめいた。その顔は怯《おび》えきっている。

「ち、ちがわい、佐助を殺《や》ったのはおいらじゃねえよ」

「おまえでなければ、誰だっていうんだッ」

「新五郎だ、番頭の新五郎がやった事だ」

お麻の下手《へた》な芝居も壺にはまって、英吉は勢いづいた。

「よし、洗いざらい喋っちまえッ、お上《かみ》にもお慈悲はある。正直に白状すれば、お咎めなきよう、おれからも言上《ごんじょう》するぜ」

使い慣れない決め科白《ぜりふ》もすんなり出る。

「姉ちゃんが死んじまって、おいら途方にくれた。なにしろ喰い扶持《ぶち》を稼ぐにも手に職はねえし、力仕事はまっぴらだ。そうなりゃ新五郎にかけ合うしかねえ。姉ちゃんの命代くれ、ってね」

すっかり観念したらしい大六だ。

「何で新五郎なんだ？」

「姉ちゃんが旦那から聞いていたんだよ。お内儀と新五郎の仲が怪しいってさ。だから、おれはそれをねたに、新五郎を強請《ゆす》ろうと思ったんだ」

「それで、大国屋さんの初七日の法要へ押しかけたのか」

「北新堀のお店に行っても門前払いだ。それでやっと寺であいつを摑まえたんだが、あの野郎、のらりくらりと生返事ばかりで、いっこうに埒《らち》があかねえ」

「しかし、おしのさんの葬式は、大国屋さんでやってくれたんだろう？」

「葬式代だけだよ、それだけは大国屋で持ってくれたけど、あんなもの鼻くそみてえなもんだ。姉ちゃんの命はそんなに安かねえ。何度もかけ合って、やっとつつんでくれたのも、雀の涙ほどだ。それ以外ビタ一文出さねえ、と抜かしやがった。おまけに、旦那が死んじまったのに、いまさら不義うんぬんなんぞくそ喰らえだ、と。あの野郎、図に乗って、手証《てしょう》があるなら出してみろって、ふんぞりかえりやがった」

ひくひく動く太い眉がいかにも口惜しそうだ。

「佐助が殺《や》られた理由《わけ》は何だ？」

「やつの尻ッぽを摑んでやろう、とおれはあいつのあとをそっと尾け廻した。あのまま引きさがっちゃいられねえからな」

ある夜、新五郎が日本橋の蔵屋敷の裏の稲荷社《いなりしゃ》で一人の男と会った。人気《ひとけ》のない暗闇をさいわいに、大六は二人のそばまで忍び寄って聞き耳を立てた。

「あのとき、五十両渡したじゃないか」

新五郎のひそひそ声に、男が答えた。

「あれで借金はきれいにした。残りは盆ゴザの上で右から左さ。元の木阿弥《もくあみ》、すっからかんだ」

「佐助、おまえは何をしてあの大金を手に入れた？　火付けをして、二人の命を消したんだ。そのためにわたしが払った五十両だぞ。それを何に使おうとてめえの勝手だが、こうたびたびせびられたんじゃ、おれも黙っちゃいられねえ」

「あと十両、いや、五両でいい――」

「おれは新参の番頭だぜ、五両だァ、どこにそんな金がある」

「おまえさんのうしろにはお内儀がついてるじゃないか。大国屋といえば、大店だ。そこのお内儀なら、五両や十両鼻紙代だろうよ」

新五郎が黙った。すいと佐助に身を寄せる。その手に氷のように光る刃物が握られていた。出し抜けの襲撃に身もかわせず、佐助は何度も刺されたようだ。

深夜、ぐったりとなった佐助の死体を引きずって、新五郎はその体を日本橋川に蹴《け》落《お》としたのだった。

「どうしてすぐに番屋に届けなかったんだ」

英吉の叱責に、

「この件を使えば、大国屋からうむを言わさず金を引き出せる、そう思っちまった。すんません」

神妙に、大六は頭を下げた。

下司《げす》の知恵はその程度のものだ。とお麻と英吉は大六から目を逸《そ》らせた。

十

その夜、浮世小路の〝子の竹〟で、治助とお麻と英吉の顔がそろった。

「新五郎がすべてを自白したよ」

一件落着の祝い酒のように、治助はうまそうに猪口を口に運んだ。

「お葉さんはどうなりました？」

英吉も手酌で酒を注ぎながら訊いた。

「新五郎は、この一件はすべて自分の謀《はかりごと》だと言うのだ。お互いに気持ちの上では好き合っていたが、不義は犯していない、とも強調している」

心の中で思うだけなら罪にはならない。

お麻は胸の内で反芻《はんすう》した。

「新五郎の動機はどこにあったのですか」

猪口の酒をすすってから英吉は言った。

「いわばお家乗っ取りだな。新五郎にすれば、宇衛門を殺したあと、お葉と夫婦になり大国屋の主人におさまる計略だった」

「もし、そのもくろみが達成していたなら、お葉は新五郎の恋女房ってところですか。厭な気分ですね」

「お葉さんの合掌が蓮花の蕾《つぼみ》だったのは、あの人の本当の気持ちの表われだったのでしょうね」

厭な気持ちなのはお麻も同じだった。

「しかし、新五郎は一貫してお葉の無実を主張している。内儀《おかみ》さんには一切関わりない事だ、と。自分一人で罪を背負って死んでゆくつもりなのだ」

「新五郎がお葉を庇《かば》うというより、女に対する男の愛情だけは本物だったようだな」

治助は複雑な表情で遠くを睨んだ。

板場から、お麻が肴を運んで来た。

魚はアカムツの甘味噌煮、小皿にはキュウリとミョウガとマダコのみどり酢。

「それにしてもわたしには女心がわからない」

と、英吉はお麻を見上げた。

「わからなくていいのよ。すべてわかったら、あっという間《ま》に飽きが来てしまうわ」

「しかし、自分の亭主と妾のために、酒や肴の手配りをしたり、寝所に花を活けるなんて、並の女のできる事じゃないよ」

「お葉さんの事ね。あの人だって、亭主が妾をつくったと知ったとき、ずいぶん苦しんだと思うわ。だけど、そんなお葉さんの心の隙間に新五郎が入り込んだ。新五郎を恋しいと思えるようになって、お葉さんの気持ちは変わったのだと思う、もう亭主や妾の事なんかどうでもいい、好きにさせてやろう、とね。それに大店の家付きの娘としての誇りがある。何事も慎ましやかに躾《しつ》けられている。だから良妻を装っていられたのだと思うわ」

「そうか、女人を額面どおりに受け取ってはいけないのだね」

「英さん、わたしを見損わないでよ。もし英さんに妾を囲うだけの甲斐性があっても、わたしは承知しませんから」

「そうだよ、英さん、お麻は江戸一番の手強い女だからな」

ふふ、と治助は白い歯を見せて笑った。

一件落着の報告を持って、お麻と英吉は鎌倉河岸にある料理茶屋〝うつぎ〟へ行った。

うつぎは庶民的な料理を出すありきたりの茶屋であった。

宇衛門の嫂で、おしのと大六の伯母であるお由《よし》が、ここの下働きをしているのである。

昼めしどきをすぎているせいか、忙しさも一段落の隙間《ひま》である。

勝手口で待つ二人の前に、お由は前垂れで手をふきふき顔を出した。

「その節はどうも……」

いまだ江戸の水になじまぬのか、おどおどと小腰をかがめた。

「殺されなすったとは、むごい事ですなあ」

一部始終を英吉から聞かされて、お由は前垂れをつかんで目をふいた。

「事の、発端は宇衛門が妾をつくったことに始まる」

「妾って……？　初七日の法要の席でも、人々の、妾が、とか、妾の、とか言うひそひそ声が聞こえていたっけが、妾ってどなたのことですかね」

「おや、お由さんにも宇衛門さんは隠していたのか。妾の名はおしのさんといって、深川に妾宅を構えていたんだよ」

ヘッ！

と、お由はあっけにとられて歯をむき出した。次の瞬間、ひきつけたような笑い声をあげた。

驚いたのはお麻と英吉だ。気でもちがったのか、とたじたじとなる。

やっと狂笑じみた声をおさめて、

「なんてこった。こんな莫迦な茶番があるものか。おしのちゃんが宇衛門さんの妾であるはずがない。おしのちゃんは宇衛門さんの娘だよ」

ええッ！

と、こんどはお麻と英吉が目をむく番だ。

「経緯《いきさつ》を話しておくれ」

「おしのちゃんのおっ母さんはお美《よし》さんといって、宇衛門さんとは幼なじみ。二人はずっと好き合っていただよ。だから藪《やぶ》入《い》りで戻ってくる宇衛門さんを、お美さんはいつも心待ちにしていただ」

「盆暮れ二回の逢瀬《おうせ》なんて、何と切ないこと」

驚きから醒めてみれば、お美の女心を思いやるお麻だった。

「あの二人は夫婦約束をしていたようだ」

お由ならずとも、若い男女の情熱を斟酌《しんしゃく》すればそうなる。

「しかし、武州川越じゃ、往《い》き復《かえり》だけでも二日がかりだ。おちおち逢引もならないぞ」

英吉の懸念に、お由はこう答えた。

「徒歩なら大変だけど、新河岸《しんがし》川の舟運《しゅううん》を使えば、夜中に発《た》って明け方には浅草花川戸《はなかわど》には着けるんだよ」

「その手があったか」

「やがてお美さんは身ごもった。それがおしのちゃんだ。だけど刻《とき》を同じくして、宇衛門さんにお店のお嬢さんとの縁談が持ち上がった。ああいう大店の奉公人は、ご主人の言うことに逆らえないんだってね」

「それで宇衛門旦那はお美さんとおしのさんを捨てたのか」

「諦めたんだよ、二人とも。だからお美さんは乳飲み子を連れて土地の者といっしょになった。生まれたのが大六だ」

「大六はおしのさんの父《てて》ごが宇衛門旦那だということを知っていたのかな」

「さあ……わたしにはわからない」

妾稼業という世間の噂をうのみにしていたのなら、大六は知らなかったのかもしれない。

「おしのちゃんにもいろいろあって、一年ほど前江戸に出て来た。その生計《たつき》の面倒を見るようになったのは、宇衛門さんの罪ほろぼしだよ」

「なぜ妾という噂を否定しなかったのかな。娘だ、と公にすればあのような悲惨な事態は防げたはずだ」

「宇衛門さんはああいうお人だ。家の中に波風を立てたくなかったんだ。だからわたしにも絶対に口外するなって……」

「そうだったのか、ところで大六は江戸構えになった。人殺しを見ておきながら届け出なかった咎《とが》だそうだ」


梅雨の晴れ間、強い日の光が商家の屋根を灼いている。通町の大通りを日本橋へ向かって歩きながら、

「正直というのは難しいもんだね」

吐息まじりのお麻だ。

「大国屋の旦那のことか」

「うん、生真面目で、忍耐づよくお店一筋の旦那さまだからこそ、娘のことを隠した。しかるに、よかれと思ってしたことが裏をかいたことになる。だけど正直に話していればよかったと言いきれるもんだろうかね」

「心の奥底にあるものは、上手《うま》く伝わらないことがあるさ」

「その心の奥底で、宇衛門さんはそのお美さんという人に、ずっと恋していたのかもしれないね。なんて切ないこと」

たとえ会えなくとも、胸の中に恋心を秘めていられる者は、それだけで幸せなのだろう、とお麻の気持ちもほのぼのとしてくる。

第二話　髪結いの女

一

七月《ふみづき》には、秋初月《あきはづき》、七夕月《たなばたづき》、孟秋《もうしゅう》、涼月《りょうげつ》などの思わせぶりな別名があるが、いずれにしても江戸は暑さの真っ盛りだ。

その昼日中、所用帰りの治助は、ふと柏屋《かしわや》へ立ち寄った。

「やられたよッ」

額の汗をぬぐう治助に、柏屋角左衛門《かくざえもん》は唾《つば》を飛ばさんばかりに声を上げた。

末成《うらな》りと陰口をきかれる細長い顔が、思いきりしかめられて、目には鋭い光が明滅した。

「何をやられました？」

南町奉行所の廻り方同心、古手川与八郎から手札をもらい、十手《じって》を預かる身の治助は、事件《こと》と聞けばとたんに手先の顔つきになる。

「まったく油断も隙もあったもんじゃない。五両だよ、五両。え、五両といえば下女二人ぶんの給金じゃないか」

「盗られましたか」

うむ、と角左衛門は憤懣《ふんまん》むき出しの力の入れ方で、両の腕を組み、空《くう》を睨《にら》んだ。

柏屋は箱崎《はこざき》二丁目に八間の間口《まぐち》をかまえる炭問屋である。

江戸の町では炭は欠かせない必需品である。その欠かせないものを商っているのだから、当然儲けの大きい商売だ。その資産は、いわゆる富商豪商の名に列記されるだろう。

炭屋というと、いかにも人足たちを強く指揮する骨っぽい人物を想像しがちだが、角左衛門はちがった。正反対の風姿である。いかにも糸瓜《へちま》の末成り然としていて、なんともさえない顔色をしている。長身だが骨細で、動作も柔らかな五十男だ。

ところが商いとなれば、その表情は別人のごとく一変する。

青白い皮膚の下に隠している冷徹でしたたかな面が、カラクリのように現われる。眼光鋭く、一歩も引かぬ気迫が、いよいよ顔立ちを青ずませるのだ。

「おっと、親分さん相手に、口が滑《すべ》ったな」

商家の主人は、ことのほか金銭には厳格である。一文二文といえどもおろそかにはしない。

そこにきて五両という大金が盗まれた。怒りが爆発するところ、角左衛門は急に態度を変えた。

治助にはその理由《わけ》がわかるのだ。

もし奉公人や家族の中から縄付きを出すと、町役人《ちょうやくにん》や縁者にははなはだしい迷惑をかける事になる。それを避けるには涙を呑むしかない。なかった事にするのだ。

「お気持ちはわかりますが、わたしとしては、聞いたからには、黙っておられない立場なんですよ」

「そこを何とかしてくださいよ。わたしと親分の仲ではありませんか」

手先や岡っ引などといわれる同心配下の者は、南北町奉行所を合わせて百五十人近くいるが、例外をのぞいてほとんどが、町の人たちから特殊な目で見られている。つまり、身近にいてほしくない人種なのだ。

例外の一人が治助である。

親分風を吹かす事もなく、金銭には無欲恬淡《てんたん》で、熱い正義感の持ち主だから、町の人たちにはむしろ慕われ、頼りにされている。

「わたしを困らせないでくださいよ」

「仮にですよ、盗んだやつが捕まったところで、金は戻らんでしょう。でしたらお上《かみ》の手を煩《わずら》わせるまでもございませんよ」

「しかしなあ、そうも参りません。わたしが見て見ぬふりをしたら、どうなります？　江戸の町に悪いやつがはびこりましょう」

いささか大げさだと思うが、治助の心意気だ。

「いや、お見それいたしました。確かに親分さんのお言葉どおりです。ともあれ、こちらへ――」

角左衛門は、通り庭を抜けて治助を内所の奥座敷へ案内した。

母屋と三戸前《とまえ》の土蔵との間が、二十坪ほどの庭になっていたのだが、いまそこで職人たちが働いている。家造りは、去年嫁とりした長男夫婦のために二階屋の新築をしているのであった。

造作《ぞうさく》はかなりできあがっていて、清々《すがすが》しい木口の匂いがあたりを染めている。

「金はどこに置いてあったのです？」

治助の問いに、

「居間の茶簞笥の抽出《ひきだ》しに、一両を五枚巾着《きんちゃく》に入れてしまっておいたのが、こっちも迂闊《うかつ》といえばそのとおりだった。ここはいま、見てのように普請中だから、いつもは閉めおく木戸の桟《さん》をおろしておかなかった。その油断を衝《つ》かれたんだと思う」

角左衛門は反省を口にした。

「表店《おもてだな》と違って、木戸口は物売りやら何やら大勢出入りしますね」

「そのどさくさにやられたんだろう。ウチにはそんな不届き者はいないし、来てもらっている職人は、昔からよく知っている親方たちのところの者だ。万に一つも疑っては罰《ばち》が当たる」

「ともあれ、盗難の届けだけは出してくださいよ」

「ああ、出しますよ、仕方ない。だがその金高《きんだか》は一両にしておきましょう。大ごとにしたくないからね」

その案を治助は呑む事にした。なにしろ、盗まれた金高を知っているのは、当の角左衛門だけだから、もし何かの食い違いをきたしても、まちがいだったと言い逃れられる。

普請が始まる前は狭いながらも石灯籠《いしどうろう》や蹲《つくばい》を配した庭は姿を消し、小さくとも贅《ぜい》沢《たく》な新居が建ち上がろうとしている。

尻切れ半纏《はんてん》に紺の股引《ももひき》の左官が、まだ畳の入っていない室内で、京壁の仕上げに余念がない。

中障子戸板をはずしたり、はめこんだりして調節しているのは建具師《たてぐし》。こちらも紺の腹がけ、股引、片肌脱いだ格子柄の木綿を着ていて、てきぱきと勢いのある動作だ。

床の間の柱の按配を見ている大工は、細縞の腹がけ、絞りの浴衣《ゆかた》、豆絞りの手拭を肩にかけている。近頃の若い大工はこのような粋《いき》で洒落《しゃれ》た格好をする。背を見せていた大工の体が動いて、横顔をこっちへ見せた。細く尖った鼻先と、細身の体つきがいかにもいなせだった。

「近いうちに〝子の竹〟へ顔を出すよ。美味《うま》いものを食べさせておくれ、とお麻さんに言っといてくれ」

大店《おおだな》の主人が外食をするのは、押し並《な》べて商売上の付き合いのときだけである、それも高級料亭ときまっている。料理の味より格式にこだわるのである。

だが角左衛門は〝子の竹〟の味を知ってしまった。仰々《ぎょうぎょう》しくはないが、新鮮な材料と絶妙な味付けのとりこになったのは、半年ほど前のことである。

商用の帰り、角左衛門は室町《むろまち》三丁目から浮世小路に入り、〝子の竹〟の前を通りかかった。

そのとき、お麻が店前の落ち葉を掃いていた。

齢《よわい》五十の角左衛門は、歳甲斐もなくお麻の美貌に魅かれ、供の番頭の止めるのも聞かず、戸口に足を踏み入れたのだ。

じっさい空腹でもあった。食べたのは四十文の昼のお定《き》まりだが、それがよほど舌に合ったとみえ、それからはときどき、家人の目を盗むようにして足を運ぶのだった。

もっともあまり酒を呑まない角左衛門は、昼飯専門だから、大店の主人にしてはみみっちい客なのだ。

本人としては、美味《うま》い飯にありつけ、お麻の顔が見られれば満足のようだ。

「ウチの料理番はお麻ではありませんよ。とびっきり腕のいい板前がそろっています」

面白くなさそうに治助は言った。自分より歳上の男が娘に色目を使うなんぞは、父親として厭《いや》な感じなのである。

「ま、どっちでもよろしい」

にっと笑んだ角左衛門の糸瓜顔が、だらりと伸びたようになった。

二

江戸の女は、日々の髪を自分で結《ゆ》う。

お麻も同じなのだが、十日に一度は女髪結いに来てもらう。

水油を使って自分で結いあげる髪は、櫛目もそろわずしどけない仕上がりになり、それはそれではんなりとしていて好ましいのだが――。

午前《ひるまえ》の早い時刻に、髪結いのお浜《はま》に二階の自室に上がってもらった。

「ああ、いい気持ちだわ」

サイカチの実で丹念に洗った髪の地肌を、柘植《つげ》の梳櫛《すきぐし》で掻《か》かれると、目の前がポッと明るくなる。血の流れがよくなるからだろう。

お浜に結ってもらうときは、水油ではなく鬢《びん》つけ油でかため、おくれ毛一本ないように、びしっと容儀をととのえてくれるので、おのずと背筋が伸びるような気分になる。

女の髪は、結い手の上手下手がはっきりと出る。ましてや日髪を結うような女たちは、仕上がりに口うるさい。そんな女客たちの要望にもそつなく応えられる腕の持ち主だから、お浜は売れっ子の女髪結いという事になる。

お浜は自分の歳を二十五と言っていた。髪結いになってまだ二年そこそこ。それでも飛び抜けて手先が器用なのだろう。

客の年齢や好みや顔だちを見定めると、鬢の張り具合や、髱《たぼ》の出し方を微妙に按配し、てぎわよく結い上げていく。

「もうすこしきつめにしましょうか？」

元結を締めながらお浜が訊く。

「ちょうどいいわ」

あまりきつすぎると髪の根が吊って、頭痛がするし、ゆるければ髪型がくずれやすくなる。

女髪結いについては、寛政《かんせい》の世からたびたび禁令が出されている。風紀を乱すからだというその理由は、髪結いの中に売色《ばいしょく》をする女がいるからであった。

けれども御当代（将軍家斉《いえなり》）の世になってから、ありがたい事に取締りがゆるくなった。たとえお触れが出されても、いつの間《ま》にか元に戻るのである。怒濤《どとう》の勢いで強くなった町人の力に、幕府は押されぎみなのだ。

「いかがでしょうか」

箱鏡台に映るお麻の顔をうしろからのぞくようにして、お浜が言う。

「さすがお浜さん、腕のいい事」

「いいえ、お麻さんのおぐしがよいせいですよ。腰が強くって、あまるほどの黒髪なのに、とても扱いやすいんですよ」

いかにも謙虚なお浜だ。

お麻がいつも結ってもらうのは、つぶし島田《しまだ》。水色の手絡《てがら》に、櫛、笄《こうがい》は塗物、前挿《まえざし》は銀の平《ひら》打ちと地味ごしらえだ。

縮《ちぢみ》の浴衣を着たお麻の肩から、更紗《さらさ》模様の前垂れをはずし、お浜は自分の腰に巻いた。髪結いはこうして自分の前垂れを客の肩にかけ、着ている物が汚れないように気を配る。

女髪結いは、一目でそれとわかる格好をしている。

縞の着物に黒衿の粗服。くじら帯という表裏が色の違う帯を、たれを極端に長くする密夫《まおとこ》結びにしている。

髪はふか川という丸髷《まげ》で、毛筋立てを髷に差していて、手には道具箱という一目瞭然の看板代わりを下げて来る。

「お浜さんの髪もきれいよ。つやつやしていて、それこそ鴉《からす》の濡れ羽色ね」

「わたしなんか……」

伏し目がちのお浜は、いつものように口ごもる。

お浜が控え目で口数が少ないのは「わたし、ぶさいくだから」と自分を卑下する気持ちが作用して、つい引っ込み思案になってしまうかららしい。

人がもてはやすのは、絵師鈴木春信《すずきはるのぶ》の描く人形のように可憐で情緒的な美人だし、喜多川歌麿《きたがわうたまろ》の内感美あふれる美人画に代表される。

けれども江戸じゅうの女がすべからくそうした器量だったら、その人らしさはどこに求める？　面白くもおかしくもない、とお麻は思う。瘦せているのも太っているのもいて、それぞれに美しいのだ。

確かにお浜は地味な貌《かお》をしている。両目がかなり離れていて、鼻筋が低く指先でつまんだような小鼻だ。色の悪い薄い唇に、顎《あご》が細く全体が平板だ。

口の悪いのは「可哀想に、あの蟹面《かにづら》じゃねえ」などと意地の悪い事を言うが、お麻はけっしてそうは思わなかった。

眉の間が開いているのは、おおらかで正直そうな印象を与えるのではないか。唇の薄い女はお喋りだそうだが、お浜は思慮深そうな慎重さで、その定説をくつがえしている。

結髪《けっぱつ》をお浜に頼むようになってまだ一年余だが、お麻には、お浜の良い性格が手に取るようにわかってきた。

お浜は慎ましやかで忍耐強い働き者だ。こちらへ向ける静かな眼差しは温かく、そこでいてどこかに芯を持っている。それは心底の一点に揺るぎのないもの、ある種のけじめのようなものを秘めていて、それが淑《しと》やかな強さになって表面に現われ、あえかな美にまで昇華《しょうか》しているように感じられるのだ。

蟹面などと悪口を叩く者には見ることのできない美しさだ。

お麻は改めて訊いた。

「明日の四万六千日《しまんろくせんにち》、行ける？」

前もって一緒しようとお浜を誘っていたのだ。

「はい、行けます」

「誘ったはいいけど、稼業の邪魔をしては悪いから」

「わたしらの仕事は、正午《ひる》前のほうが忙しいんですよ」

大店の内儀も芸妓も、まともな女ならその日の始まりに身じまいを整えておく。

昼日中いつまでもぐだぐだと崩れた髪を人目に晒したりはしない。それに男の廻り髪結いと同じく、その日廻る家はだいたい決まっていて、午過《ひるす》ぎなら融通がきくという。

「それじゃ、雷門《かみなりもん》の前で九つ（昼の十二時）に待ち合わせね」

「はい、とっても楽しみです。久しぶりにのんびりできそうです」

「お昼は食べずにおいでなさいね。はい、ではこれ」

お鳥目《ちょうもく》の八十文を紙包みにし、お浜に渡す。

「いつも過分に頂戴して、ありがとうございます」

道具箱を手にすると、お浜は戸口で黒塗りの下駄をはいた。外へ出たとたん、お浜は肩を突き上げるようにして乾いた咳をした。

路地口まで送って出たお麻が、

「あら、風邪？　秋口といっても暦の上だけで、暑い盛りの風邪は質《たち》が悪いっていうじゃありませんか。無理は禁物よ」

と、背中をさすってやる。

「いえ、たいしたことないんです。これから〝奈《な》お松《まつ》〟さんへ廻るお約束があります」

お浜はそう言って歩み去った。

〝奈お松〟というのは、雲母《うんも》橋通りにある高級鰻店である。そこの女主人の奈おは、お麻にとって実の姉のような存在である。

浮世小路の通りに出たところで、向こうからおぶんがやって来るのが見えた。おぶんは室町三丁目の茶問屋の住吉屋《すみよしや》で通い女中をしている五十女だ。お使い帰りらしく、手に小さな紙包みを持っている。

「お買い物？」

お麻の問いに、

「束子《たわし》を買いにやらされたのさ。金持ちってえのはほんとにしみったれだね。たかが十文の束子を坊主になるまで使わせるんだから。それよりお麻さん、あの女髪結い、お女郎上がりだってね」

お浜の去ったほうを目で追いながら、どういう訳か声を弾《はず》ませた。

おぶんは、他人の噂話や陰口が三度の飯に劣らず好きな女だ。もっとも長屋の住人の多いところでは、一町に一人、必ずこのような口さがない手合いがいるものだ。

知り合いの祝い事や幸せは、舌を打ちたいほどいまいましいが、他人の不幸はうきうきしたくなるものらしい。あそこの亭主がどうしたの、こっちの娘があゝだこうだ、と情報通が自慢たらしい口なのだ。

おぶんの亭主は、道商いの漬物売りだそうだが、何分稼ぎが少ない。一人息子は病弱で、寝たり起きたりの日々。

そんな自分の不運に、おぶんは腹を立てているのかもしれない。ツキのない運命に流されてしまう人間も多い世の中だが、おぶんはその精神の粗雑さと図太さをもって、世間に立ち向かおうとしているように見える。せめて他人の不幸をあげつらいながら、自分を慰めているようであった。

不平不満、恨みにつらみ、妬《ねた》みやそねみと煩悩《ぼんのう》の犬もかくやのおぶんではあるが、家事をやらせればその有能な才が発揮される。

まことにきれい好きで、四角い部屋はきっちり四角く掃除するし、廊下の板など水の跡も残さぬだけ磨き上げる。

台所では食事の支度に手際の良さを光らせる。どうせ長屋暮らしの女の惣菜作りなどとあなどると、美味い物に馴れている主人の舌をびっくりさせるほどの絶妙の味付けをする。それも有り合わせの材料で――。

悪口雑言《あっこうぞうごん》ふんぷんたるそんなおぶんだが、それさえ目をつぶれば、これほど重宝《ちょうほう》で貴重な働き手は極めて稀少といってよいだろう。

「およしなさいよ、あの女《ひと》だって好きで川竹《かわたけ》さんになったわけじゃありませんよ」

浮き沈みの定めない身の上の遊女を、川竹の流れの身にたとえるのだ。

「おや、お麻さん知っていたの」

とっておきの情報のつもりで鼻をうごめかしていたおぶんは、矛先《ほこさき》をかわされてむうっと不機嫌になった。

「ひとたび苦界《くがい》に堕ちれば、浮かび上がれない人もたくさんいるそうじゃありませんの。それなのにお浜《お》さんは一心不乱に腕をみがいて髪結いの技を身につけられた、お見事だと思いません？」

「そうですがね」

「他人《ひと》をとやかく言うのはどうかしら。みんなそれぞれ理由《わけ》ありで生きているのだと思いますよ。だから家の中を無遠慮に覗いてアラを探したり、昔の古傷に触られるのは、誰でも厭でしょ。おぶんさんだって同じはずだわ」

「へえ、わたしにはわからない」

肉のたるんだ顎を突き上げて、おぶんはうそぶく。

「そもそも他所《よそ》の家の中をのぞいたって、つまらないでしょ」

「いいえ、わたしゃ面白い」

おぶんは高らかに宣言した。

三

暑さも真っ盛りの七月十日は観音様の縁日である。

この日に参詣すると、四万六千日間参詣したのと同じ功徳《くどく》があるとされる。

前もって願い出ていたせいもあり、

「たまにはいいさ、ゆっくり遊んでおいで。何たって四六時中お店に縛り付けられているんだものね」

と、お初はお麻を迎えに来た英吉にゆったりとした笑顔を向けた。

お麻は、昨日お浜に結ってもらった髪を、今朝は自分でなでつけて、びしっと決めている。

他所《よそ》行きの着物は、青海波《せいがいは》に千鳥を染めた紗《しゃ》で、帯は焦茶《こげちゃ》の麻地をおたいこに結んだ。

「ああきれいだ」

見るなり英吉が思わず声を出した。

その英吉は、鉄紺色《てつこんいろ》の単衣《ひとえ》に角帯の着流しで、背筋を伸ばした凛々《りり》しい姿は、とても振り売り稼業の男のようには見えない。やはり折り目のついた武家育ちは抜けていないのだ。

　浮世小路から浅草寺まで、およそ一里。徒歩《かち》では半刻ほどかかるが、二人は歩く事にした。

　よほどの用でもなければ、江戸の庶民は歩く。船賃も駕籠代も安くはないから、ひたすら歩く。

　武家地があり、寺社があり、町人地のある江戸の町は、歩くがゆえの文化として展開しているのだ。

　浅草寺へ向かう往還がいつもより人出が多いのは、やはり祭りへ行く善男善女の波だろう。

　やはり今日の浅草寺の賑わいはひときわのものがある。広小路の左右から人の波に絶え間がない。

　ごった返す人混みの中で、お麻は爪先立って周囲に目を配る。

　昼に雷門の前で、とお浜と打ち合わせているのに、四半刻が過ぎようとしてもお浜は姿を見せない。

「変だわね。あのお浜さんが刻限をたがえるはずないのに――」

「何か不都合が起きたかな」

英吉もきょろきょろしながら、つぶやく。

「仕方がないわ、諦めましょう」

「ともかくお参りをしよう。ありがたい事に四万六千日を一日に縮めてくれたんだ」

雷門を入ると正面に仁王門《におうもん》が見え、右手奥に五重塔が暑熱に燃える天を突き刺している。参道の左右に並ぶ歌仙茶屋《かせんじゃや》も客があふれ、手に手にほうずき籠をぶら下げた戻り客が交差する。

本堂でお参りを済ませた二人は、伝法院《でんぽういん》の裏から広小路に出た。通りの左右の表店は、どこも大店ばかり。

そのうちの木屋《きや》という店に入る。花の艶という化粧水が、いま江戸の女たちの間で人気なのだ。

店内は女客ばかりでも、英吉は臆する気配もなく棚を見ている。廻り小間物屋として、商いの参考にでもするのだろう。

お麻は、ガラス瓶に入った化粧水を二つ買った。一つはお浜への心づくしだ。それにしてもお浜はいったい、どうしたのだろうか。

そのあと竜宝寺《りゅうほうじ》の門前町へ廻り〝奴《やっこ》〟の子店《こみせ》で鰻を食べる事にした。お麻が姉とも慕う〝奈お松〟の鰻の味も上等だが、〝奴〟も美味しいと評判の店である。

ここでもかば焼きを竹の皮に包んでもらう。

外へ出ると
「お浜さんの住まいはどこなの？」

鰻と化粧水の土産物を持たされた英吉が訊いた。

「日本橋の村松町《むらまつ》」

日本橋でも東のはずれで、両国広小路の近くだ。

新堀川に沿って十二丁（一・二キロメートル）ほど歩き、鳥越橋《とりごえ》から神田川の浅草御門を抜ければ、両国広小路の西側に出る。

両国広小路も相変わらず騒々しい。見世物、芝居、寄席《よせ》。水茶屋などの呼び込みの声や、鳴物囃子《はやし》が湧き立ち、雑踏では暑さに煽《あお》られた見物人にぶつかる。

広小路を突っ切り、侍屋敷の立ち並ぶ一画を抜ければ、村松町はそこだ。

「あれ、お麻さん……」

御免なさいよ、と腰高障子を開けたお麻に、家の奥から弱々しい声がかかった。

六畳一間きりだから、逆光を受けて影絵になったお麻の姿も、お浜の目の前だ。

「やっぱり具合が悪かったのね」

いかにも女の独り住まいらしく、小ざっぱりした家の上《あが》り框《がまち》で、お麻は身を乗り出した。

「すみません。せっかくの誘いをすっぽかしちまって――それにこんなむさ苦しいところまでわざわざ……」

小さな咳《せき》を一つして、お浜は体を起こそうとした。

「駄目よ、ダメ、寝てらっしゃい」

「いえ、大丈夫なんです。どうやら悪い風邪をもらっちゃったらしいのだけど、風邪なら寝てるにかぎるって、ここの差配さんも――」

お浜は上半身を起こした。顔色が悪く澄み透り、弱々しいながら病身特有の、ある種の美しさを秘めている。

お麻は手土産を差し出した。

「これ、鰻、きっと精がつくわ。起きられるようになったら、こっちの化粧水でますますきれいになってね」

「お気づかい、ありがとうございます」

お浜の細い目に赤味が差した。その目をそっと指先で拭った。まだ二十五だというのに、荒れた手の甲《こう》をしている。

その事に胸が衝《つ》かれた。お浜の生きてきた年月の苦労が偲《しの》ばれるのだ。

──お女郎さん上がりだって──。

おぶんの言葉が胸中でこだましている。

「お浜さん、医者に診せていないんだね」

英吉が思慮深く言った。

「ええ、もっと悪くなったら、差配さんに頼もうとは思うのですけど──」

「ただの風邪でも油断をしてはいけないよ。どうだろうお麻、石庵《せきあん》先生に往診を頼んでみたら──」

「そうね、帰り途《みち》だから、寄って行きましょう」

「でも……」

「往診代なら心配ご無用よ。あの先生は、金持ちからは目の玉が飛び出るほどむさぼるけど、長屋住まいなら、大根一本でも親切に診てくれます」

「わたしも少しくらいは蓄えがありますから風邪の薬代なら何とでもなりますけど」

そう言いながらも、お浜は浮かぬ顔をした。

「お浜さんには、身寄りがおいでにならないそうね」

以前、お麻はお浜からその身の上を聞かされている。

「はい、さっぱりしたものです」

言葉とは裏腹に、その寂しげな笑《え》みをたたえた唇がわなないた。お麻の胸がきしむほど、それはうら哀しい表情だった。

「お浜さん、わたしでよかったら頼りにしてちょうだい。わたしを妹と思って、心おきなく何でも言いつけてね」

お浜の表情がゆるんだ。

どのような境涯でも、元気なら強気になれる。ましてや、一度は泥水をすすったお浜であれば、もはや恐いものなどありはすまい。

それがお麻のたった一言で、肩の力が抜けたようになった。病というのは、あらゆるものを破滅させる力を持っている。気丈でけなげなお浜ですら、心細い思いに身を細らせていたのだろう。

四

「わたしにはお浜さんがただの風邪を引いたようには見えなかった」

村松町の長屋を出ると、英吉が声を落として言った。

「そうね、あまり高熱があるような顔色をしていなかったわ。すると別の病かしら」

「ま、それは石庵先生にまかせよう」

「英さん、よくそこに思いついてくれたわ」

「わたしも天涯孤独の身だ。そのせいかお浜さんへの同情を禁じえないのだよ」

「厭だわ、天涯孤独だなんて、英さんにはわたしがいるじゃありませんか。お父つぁんだっておっ母さんだってついているわ」

「うん、ありがたいね。それに男がこんな軟弱な事を言ってはいかぬ」

英吉は声をぴんと張らせた。

「痛ましい暮らし方をしている女《ひと》も多い世の中だけど、お浜さんも苦労するために生まれて来たような女だったわ。わたし聞いているのよ」

七年前の事になる。

お浜は母親を幼くして喪《な》くしている。父親は腕のいい大工だった。父娘二人、神田皆《みな》川《がわ》町の長屋で小ぎれいに暮らしていた。

当時、お浜には利八《りはち》という許婚《いいなずけ》がいた。父親と同じ親方のところで、床の間大工の見習いをしている男だった。

お浜が十八、利八が二十一、そろそろ祝言《しゅうげん》かというときになって、父親が大量の喀血《かっけつ》をした。その後は、枕も上がらぬ病臥の身となってしまった。

わずかな蓄えはすぐ底をつく。お浜も料理屋の女中に出た。しかしお浜のもらって来る給金など高が知れている。

何にせよ労咳《ろうがい》に効くという薬が、むやみに高額なのだ。借金はみるみるふくらむ。住まいを変えた。橋本町《はしもと》の、店賃《たなちん》が安いだけの貧民の吹きだまりのような場所であった。

さらに利八が上方《かみがた》へ修行に出たい、と言い出した。

利八は、面長《おもなが》で眉の濃い目鼻立ちの整った美男だった。その利八が目尻を吊り上げるほどの熱意で、上方行きを説《と》く。

お浜は身も心も利八のものだった。その男との別れは、お浜の命の火を消し去りかねない慟哭《どうこく》となって、お浜は利八の膝にとりすがった。

『行かないでッ』

『すまねえ。おれが悪いんだ。頼むよ、行かせてくれ。この江戸にいてはおれの身があぶないんだ』

色白の顔をさらに蒼白にして、利八は体を震わせた。

訊けば、悪い友達に誘われて賭博《とばく》に手を染め、あげくはお定《き》まりの借金がある、と利八はお浜の手にすがりついた。

『三年も江戸を離れれば、悪い友達との縁も切れる。向こうで大工の腕も磨ける。三年たったらきっと戻って来る。そしたら必ず夫婦になろう。待っててくれるか』

お浜の肩を抱き、利八は口説《くど》いた。

『わたしを置き去りにして逃げるの』

『逃げるんじゃないよ、おまえと夫婦になるためだ。だがな、いまはおまえの助けがいるんだ。頼むよ、お浜、おれを助けてくれ』

利八に抱きしめられ、その腕の強い力こそに、この人の誠意がこめられている。それを信じよう、とお浜は思った。

『どうやったら助けられるの』

『五両ほど用立ててくれないか。上方までの路銀と、仕事にありつくまでの入用だ』

お浜が借金をしてこしらえた五両を懐に、利八は慌しく江戸を発《た》って行った。

日ならずして父親が死んだ。

お浜に残された借金はあわせて二十五両。下女の年季奉公が三両。腕のいい大工の年収が二十五両というご時世である。

この二十五両には、十両の利息がついた。金貸しは、芝神明《しばしんめい》の岡場所にお浜を売った。

お浜は修羅《しゅら》の形相で稼いだ。

器量はともあれ、しっとりと吸い付くような美しい肌に、どの客も手放しで満足した。

言葉づかいも身のこなしも荒れていなくて、金で買った売女である事を忘れさせる素人さが人気を呼んだ。

女郎屋の方は、人気のある女郎は、できるかぎり年季を延ばそうとする。借金が減らないように、酒だ、着物だ、仕送りだと追借《おいがり》を重ねさせて、縛りつけるのだ。けれどもお浜はその手には乗らなかった。その決意は鉄のように固いものだった。

利八の戻って来る三年後には、この地獄から足を洗っていなければならない。借金証文を反故《ほご》にし、身の穢《けが》れを洗い清め、愛《いと》しい男の腕の中に飛びこむためだ。あの腕で力強く抱きしめられるためだ。

三年間、心を閉ざし、身をへずり、昼も夜もなく稼いだ。

自腹では一滴の酒も呑まない。妓楼のまかないは一汁一菜の粗食だから、ほかの女郎たちは仕出しの弁当をとったり客にねだったりするのだが、お浜はどんなに空腹でも、仕出し弁当には見向きもしなかった。肌着も長着も新調しない。百戦錬磨の女郎屋の女将が目をむくほどの守銭奴《しゅせんど》ぶりだった。

けれども三十五両を完済したとき、女郎稼業は四年を過ぎていた。二十三近くなって、お浜はめでたく普通の生活に戻れたのである。


浮世小路の〝子の竹〟は今夜も賑やかである。

新秋とはいえ、日中の鉛のような重たい熱気も、淡い夕闇が街を包みはじめると、下がってきた気温に、人々は生気を蘇らせる。

「お、やっと親分のお帰りだ」

めずらしく舐《な》めるようにしていた猪口《ちょこ》を台の上に置き、柏屋角左衛門は待ちかねたような声を出した。

「これは柏屋の旦那、お一人ですかい」

「いわばお忍びってところだな」

大店の主人ともなれば、そうなのだろう。商談で高級料亭を使う事があっても、町人が気楽に酒をたしなめる庶民的な場所へは、足を遠ざけるのが普通なのだ。使用人たちにしめしを付ける意味もあるが、頭を高く持《じ》する事で、江戸の経済を牽引する者の誇りと威《い》を周知させているのである、

「よござんすか？」

治助は、角左衛門の隣に顎をしゃくった。

「いいとも──」

こういう場所では肩肘張らない角左衛門だ。

お麻が近寄って来て、

「柏屋さんのお肴は何にいたしますか」

台の上にはまだ酒と付きだしの小鉢しか乗っていない。

「お麻さん、お前さんが見つくろっておくれ」

角左衛門の目尻がでれりとなる。反対に治助の顔がむっつりと苦む。

お麻が去ると、

「柏屋さん、面目ねえんだが、例の盗人の件、まだ埒《らち》が明かねえんだ。地を這うように捜査《さぐり》を入れてるんだが、それらしき始末（情報）はからっきしだ」

治助は手先の顔になって言った。

「いや、いいんだ親分。あのとき、親分が見逃しにはできない、とお言いだったたから、仕方なく届出をしたが、本心を打ち明ければ、このまま科人《とがにん》が捕まらないほうがいい、なんて不届きな考えをしているのだよ」

いかにも、金を盗まれたなどとうっかり口を滑らせた事を悔いているような、角左衛門だった。

じっさい、大店などで金品の紛失があっても、訴訟の煩雑さを考えて、揉《も》み消してしまうほうが多いのだ。

お麻が二人ぶんの料理を盆に乗せて来た。

「こんち酉《とり》の日、冬瓜《とうがん》のくず煮でございい」

自分に向けられる角左衛門のねっとりした目差《まなざ》しをおちゃらかすように、口上をのべ、お麻は深皿を二人の前に置いた。

「酉の日と冬瓜のくず煮とどんな関わりがあるのだね」

からかわれているのに気づかず、角左衛門は、お麻にしごく親しげな笑みを向けた。

「いい歳して、ふざけるんじゃありません」

帳場から、お初の声が飛んできて、お麻は首をすくめながら、

「いま鮎を焼いてます。それと鯛そうめんも通しておきました。お父つぁんも同じでいいわね」

そう言いながら、治助の猪口に酒を注《つ》いだ。

「おや、おいでなさい。辰三《たつぞう》さん、お一人ですか」

お初が客の顔を憶《おぼ》えるのは、ほとんど名人芸に近い。一度見たら忘れない仕組みが、お初の頭の中にはあるらしい。

桶師の源太《げんた》が辰三を連れて来たのは、たしか先月の神田祭の終わった数日後だった。稼業は指物師《さしものし》と言っていたはずだ。

「へえ、座れますかね」

辰三はひどく物堅い言い方をした。顎の張ったいかつい顔で、眉太く、口も鼻も大きい。顔の造作のわりに、骨細の体つきをしている。歳は三十くらいだろう。

「そこの飯台が一つ空いている。お麻、ご案内だ」

お初の指示で、お麻は平膳を辰三の座った飯台の上に置いた。

「ご酒は何にしますか」

「都鳥《みやこどり》を熱燗でもらおうか。肴は、そうだな、鮎のうるかと洒落《しゃれ》ようぜ」

壁に並んだ板の書き出しを見ながら、辰三は背骨を立て歯切れのいい口調で言った。

夜も更《ふ》けて〝子の竹〟の客たちは、そろいもそろって憂き世を忘れる酔い心地である。

辰三の膳の上には、二合徳利が三本転がっている。ろくに肴を食べていないせいだろう、酔い方も早く目をとろりとさせている。

「ねえ、おにいさん、もっとお呑みなさいな。夜はこれからよ」

辰三にしなだれかかられて、隣の客は浮き足を立たせていた。

お初とお麻は思わず目を合わせ、あやうく吹き出しそうになったが、その笑いをこらえさせたのは、客商売の自覚とたしなみだった。酒癖にはいろいろある。

五

三日ほど経って、お麻は一人でお浜を見舞った。

心配していたとおり、お浜はやはり臥《ふ》せっていた。

「ご飯、きちんと食べなきゃだめよ。これ商売ものだけど、一日二日は日持ちする物ばかり詰めて来たから、おかずにしてちょうだい」

框《かまち》に腰をかけながら、お浜の顔色をうかがった。この前よりさらに頬の肉が落ちたように見える。

「すみません」

お浜は床の上に起き上がった。お麻に向けたその目が、不思議な光をたたえているようだった。熱のために潤《うる》んでいるのか、あえかに煌《きら》めいている。

美しい、とお麻は思った。粗末な寝衣であっても、お浜は衿元をきちんと合わせ、下《おろ》した髪を背で一つに結んでいる。もろく壊れやすい磁器のように澄んだ白い肌は、清雅と言いたいほど静謐《せいひつ》であり、孤影をたたえていた。

「お浜さん、一つ訊きたい事があるの」

お麻はためらいつつも口にした。

「何でしょう」

お浜は小さく首をかしげた。

「あなたには、大坂へ行った許嫁《いいなずけ》がいるのでしょう。その方はまだ江戸へ戻られていないの？」

「さあ……」

「さあ、って。その男《ひと》との約束は三年だったわね。もうとっくに三年は過ぎているはずだわ」

「ええ、もう七年近くになります」

思わずお麻は涙ぐみそうになった。

江戸に帰って来る男を待ちわびている気振りなど、どこにも感じさせないお浜だが、内心では指折り数えていればこそ、その歳月をさらりと口にできたのだ。その心情があまりにも悲しく伝わってきて、お麻の胸をつかえさせていた。

「その男、もう江戸にもどっているかもしれないわ。お浜さん、どうして探さないの。探すべきよ」

お麻は気持ちを高ぶらせた。

「でも……」

お浜は目を伏せてから、

「わたしは利八さんが帰って来るまでに、遊女渡世から足を洗うつもりでした。だけどどんなに頑張っても、三年で借金を返せなかった。四年近くかかってしまったのです。その余分の一年が、わたしと利八さんとの人生をすれちがいにさせてしまったように思うのです」

何事かを悟ったような口ぶりだった。

「どうしてそう思うの？　それは物事って思いどおりには行かないものよ。でもそこを何とか折り合いつけて、願うところへ落着させなきゃ。それに、その男に渡した五両がなければ、お浜さんの年季は三年で明けたかもしれない」

元気づけるお麻に、お浜は微妙な笑みを向けた。

「いいんです。岡場所での事は口にしたくないのだけど、今では遊女になってまで利八さんにつくした自分を、とてもいとおしいと思っているの。死んだ気になって借金を返した自分を、何て偉いんだろう、とほめてやりたいくらいです」

そのままずるずると苦界《くがい》の泥水から足を抜けなくなる女が多いなか、歪《ゆが》みむしばまれる女心と女体にも負けず、自分をいとおしいとまで言いきれる強さを、お浜は持っていた。

「お浜さんに責めはないものね」

「あの人を待って、待ちくたびれて、それでも利八さん恋しさに身を揉んでいる自分も、けっこう面白いのですよ」

そう言いきるお浜の心の強さに、お麻はつくづく感嘆する。

「わたしの、利八さんを思う気持ちは、真っ白なままです。それはかけがえのない真心だから、利八さんにだけ捧げる覚悟なのです」

「それならなおさら、その利八さんを探しましょうよ。もしかしたら、あちらもお浜さんを探しているかもしれない。その人、大工さんだったわね。江戸じゅうの大工の棟梁に当たれば、存外簡単にわかるかもね」

なぜ、お浜はそれをしなかったのだろう、それが不思議だ。

「いいえ、わたしはこうして待っていられるだけでいいのです」

昏《くら》く光る目を伏せて、お浜は何かを祈るように言った。

「薬はきちんと服《の》んでいるわね？」

「ええ、とってもご親切なお医者さまですね。石庵先生は――」

「あの先生が診てくださるんですもの、きっとよくなるわ。ご自分でも言っておいでなのよ。わたしは江戸一番の名医だって――」

「心強い事」

言葉だけをなぞったような、実意のこもらぬ言い方が、お麻には気になった。

「また明日、来ますけど、ほしいものありますか。遠慮なさらず言ってくださいな」

「ありがとう、お麻さん」

そう言ったきり、お浜は疲れ果てたように体を横たえた。

戸口を出たお麻の背に、お浜の力ない乾いた咳が追って来た。

青傘をさして炎暑の道を戻りながら、お麻はお浜の心の内奥に思いを馳《は》せていた。

――お浜さんは、しっかりと自分を見つめていられる人なのだ。あれほど利八を好きだと言いきりながら、自分のほうから男の行方を探そうとしない。それは男が自分を探し出してくれるのを待っているのか。そうする事で男の真心を試そうとしているのか。

——いや、そうではないだろう。やはり岡場所での四年間が、越えられない鉄壁となって、お浜の行く手をはばんでいるにちがいない。命がけで惚れていればいるほど、利八とは夫婦になれない、と哀しい諦めに陥ってしまったのだろう。

——お浜にとって、岡場所へ行く前の熱くきれいだった恋心と、その思い出だけがすべてなのだろう。お浜の心の中の男は、どんどん現実から離れていっているのではないか。男の欠点やずるさは忘れられ、良いところだけが美化され、永遠に愛しい男が新しく創造されているような気がする。

——あるいは、利八に会うのがひどく怖いのかもしれない。会えば身を売った事実と直面しなければならない。父と利八の借金がお浜をがんじがらめにしたのだから、もし利八と夫婦になれば、亭主の姿にその過去は重なるのだ。朝な、夕なに。

人の心は無傷ではいられない。みんな何かしらの傷を負って生きている。でもいつか傷はふさがり、痛みは記憶だけになる。人によって長短の相違はあるけれど、ある日、その傷は何らかの形で癒《い》えるのが普通だ。

それをお浜は待たなかったのだろう。自然の癒《いや》しにゆだねるのではなく、自らの意志で決着をつけたとしか思えない。

何という心の強さだろう、と驚嘆しながらも、お麻の心は晴れなかった。

六

英吉が〝子の竹〟で食事を摂《と》るのは、たいてい夕方が多いのだが、その日は珍しく昼にやって来た。商いの途中だから、小間物の荷籠《にかご》を背にしている。

その英吉に、

「これからお浜さんの見舞いに行こうと思ってるの。付き合える?」

否《いな》、とは言うまいというお麻の思惑どおり、英吉は「うん」と頷いた。

これがお店者《たなもの》だとこうは行かない。外商いこその自由さがある。

荷を〝子の竹〟に置いた英吉とお麻は、村松町に向かった。

お浜の家の腰高障子を開けると、患者の枕元にいる石庵の姿が目に入った。

振り返った石庵は、二人の動きを制止するように片手を上げた。

戸口の外で踏みとどまったお麻と英吉のところまで出て来た石庵は、うしろ手で障子を閉めた。

「お浜さん、よっぽど悪いのですか」

お浜の耳をふさごうとするために、石庵は障子を閉めた。お麻はそう読んだのだ。

感情を殺した医者は、よく表情を消す。いまの石庵がそうだった。

「肺をやられている」

石庵は抑制した声で宣言した。

「労咳《ろうがい》ですか、そう言えばお浜さんの父親《てておや》もそれで亡くなったとか」

不吉な将来を暗示されたかのように、お麻はうろたえた声になった。

「いや、労咳ではなさそうだ。元々《もと》肺が弱かったようだ。そこへ風邪をひいた。それが運悪く急性の肺疾を招いてしまったらしい。息遣いも不全だ」

「で、先生の診断《みたて》はどうなんです？」

英吉がずばりと訊く。

「できるだけのことはした。しかし、もってここ一両日だろう」

名医の宣告に、お麻は青ざめた。呆気《あっけ》にとられた英吉が息を呑む。

「厭《いや》ですよ、先生。お願いだからお浜さんを死なせないでください」

声を絞り出してすがりつくお麻に、

「脈も結滞《けったい》しているし、何より体から生きる力が失《う》せている。ここまで来ると薬効も望めまい」

首を横に振った石庵は、お麻に向かって、

「ついていてやりたいのだが、沢山《たくさん》の患者がわたしを待っている。明朝一番で来るから差配さんに気をつけてくれるように、そう頼んでいくが、あとをよろしくね」

そう言って石庵は高砂《たかさご》町の診療所へ戻っていった。

熱があるのか、少し赤い顔をしたお浜に、

「あら、元気そうね、顔色もいいわよ」

無理に笑って、お麻は明るい声を出した。

顔を並べてのぞき込む英吉も「そうだね」と頷いてにっこりとした。英吉にしては精いっぱいの芝居である。

「お二人で来てくださったの。ありがたい事だわ」

か細くお浜が咳き込んだ。

「しばらくは大事をとって安静にしていなさいって、先生がそうお言いだから、わたしに看病させて——だって、わたしはお浜さんの妹分だもの」

むしろお麻が病人のように青い顔になって、それでも声を励ました。

「何か食べた？」

お麻の問いに、お浜はわずかに首を横に振った。

「いけないわ、いま葛《くず》のおかゆを作ってあげるから——」

立とうとするお麻に、

「そこの……鏡を取ってくださいな」

息の切れる苦しげな声で、お浜は小簞笥の脇に置いた道具箱を目で示した。

普段から使い馴れた、商売道具の手鏡さえ手に余るのか、柄を握りしめる手首がふらついている。その震える手で、お浜は仰臥《ぎょうが》した自分の顔を映し見た。

「お麻さん、わたしほんとにおへちゃでしょ」

お浜は細い声で唄うように言った。

「とんでもないわ、おへちゃどころか、もの凄くきれいな肌をしているし、優しくて女らしい顔立ちよ。わたし大好き――」

正直な心情だった。

「そうだよ、お浜さんの顔には慈母のような温かい美しさがある」

英吉の声こそ温かかった。

「こんなこと言うと笑われるかもしれないけど、わたし、自分の顔が好きなの。だって、これが、これこそがわたしなんですもの。わたしが好きでなければ、おかしいでしょ」

とぎれとぎれに、それでもひんやりとでも言うべき熱意を込めて、お浜は話す。

胸を大きく喘《あえ》がせつつ、お浜は自分の顔を凝視している。重たげに落ちてくる瞼《まぶた》を励ますように、ゆっくりまばたきしながら。

「人は死んだら魂だけになっちゃうのでしょう。だから、自分の顔を忘れないように、しっかり見ておかなくてはね」

お浜は、風がそよいだように微笑《ほほえ》んだ。

丸太で心《しん》の臓《ぞう》を突かれたように、お麻は驚きうろたえた。

「いけないいわ、そんな弱気を言っては――」

言うべき言葉を、お麻は見つけられなかった。

「この顔が私だって事。この顔と体がわたしの魂の容れ物だって事。その容れ物におさらばしなければならない時が来たように思うわ」

あくまでも自分に固執する天涯孤独の二十五歳の女の、壮絶なけじめのつけ方に、お麻の全身が小さく震え出していた。

しばらくして、英吉に帰ってもらうことにした。お初に、切迫した事情と、今夜はお浜のそばにいてやりたいから、と伝えてもらう。

「私もまた明日参りましょう。何か甘い菓子でも持参しますよ」

お浜にそっと語りかけて、英吉は戻っていった。

一夜あけて、暁闇《ぎょうあん》だった空に暑い陽射しがふくらんで来たとき、石庵がやって来た。

お浜は静かに横たわっている。身じろぎもせず、消え入りそうな息をつないでいる。眠っているのかどうかもわからない。

お麻が名を呼ぶと、かすかに瞼がひくつくが、それ以上の反応はしなくなっている。

長いこと、お浜の脈をとっていた石庵が、

「触れなくなった」

と、お麻に告げた。

まさに霜の消えるように、お浜はひっそりと逝《い》った。

七

二階で洗濯物をたたんでいると、

「お麻さん　お客さんですよ」

梯子段の下から、板場の平作《へいさく》の声がかかった。

店のほうは、ちょうど昼と夕の間の暇な刻限だから、店番のてつか文平《ぶんぺい》のどちらか一人いれば間に合うので、客というのは、お麻の私的な人間の来訪だろう。

下におりて見ると、板場の入り口。隣の金物問屋との間にある路地に開けた入り口に、おぶんが憮然として立っていた。

「あら、どうしなすったの」

また聞きたくもない世間話を持ち込まれてはかなわない、とお麻の気が滅入《めい》った。

「ふん、聞いておくれ。住吉屋の旦那があんなに目がなくて肝《きも》の小さい人だとは、夢にも思わなかったよッ」

おぶんの火を吹きそうな息巻き方に、お麻はたじたじとなった。

住吉屋は、おぶんが通い女中をしている茶問屋で、通室町三丁目にある。

おぶんは、そこで何か失敗《しくじり》をしでかして、主人に叱られでもしたのだろう。

「あんまりじゃないか。あの頓痴気《とんちき》野郎はこのあたしを盗人《ぬすっと》呼ばわりしやがったッ」

「いったい、何があったの」

あっさりと聞き流すには、いささか角《かど》の立つ話らしい。

「主人夫婦の居間にある手文庫から、三両の金が失くなったって言うのだよ。そんな事言われたって、あたしゃ知らないよ。ところが、あたしはその部屋の掃除をしているからね。出たり入ったりはしたさ。あいつ、それを言うんだよ。おまえのほかに出入りしたものはいないのだから、盗ったのはあたしだって決めつけられたッ、口惜しいッ――」

おぶんは豊かにふくらんだ自分の胸を、思いきり叩いて、大粒の涙をほたほたと流している。

「おぶんさんは口は悪いけど――」

「それを言うか――でも手癖は悪くないよ絶対に。人に濡《ぬ》れ衣《ぎぬ》を着せといて、いままでの奉公を考えて、お番所には突き出さないって、こうなんだよ。人を馬鹿にするにもほどがあるッ」

「それで暇を出されたってわけなのね」

「奉公先なんていくらでもあるから、それはいいけど、盗んでもいないのに、あたしの罪にするのは許せない。だから、あたしゃ素裸になってやったよ。腰巻一枚で、さあ、どことなり調べてください、とね」

「勇ましいわね」

「ところが、身につけていなくとも、どこかへ隠す隙はあっただろう、その一点張りさ、あの朴念仁《ぼくねんじん》め、初《はな》からわたしの仕業《しわざ》と決めてかかってるんだ」

「お居間の手文庫なんて、盗ろうと思えば誰にでもできるわよ」

不用心にしているほうも悪いのだが、これはおぶんに暇を出すための口実に使ったものとも考えられる。日頃から、住吉屋の主人の加七《かしち》はおぶんの金棒曳《かなぼうひ》きぶりには相当閉口《へいこう》していたらしい様子だったからだ。

「――でしょう。それに居間の奥隣がご隠居さんのお寝間でね、いま、修繕中なのよ。大工や表具屋に畳屋なんかも来ているから、家の中が何となくごたごたしているからね」

「どこの職人さん？」

お麻の癖が出た。普段いない人間が出入りしているのでは、不祥事が起きる条件はあるわけだ。となれば手を拱《こまね》いてはいられないお麻である。

「大工は大草《だいそう》、表具は村田屋《むらたや》、畳は清水屋《しみずや》だそうよ」

おぶんを何とかなだめて帰したお麻は、住吉屋へ向かった。

住吉屋は浮世小路から通町に出て、角の茶問屋である。いわばご近所さんだ。店表の脇がちょいと引っ込んだ木戸口になっていて、そこを入ると内所への通路になっている。

折りよく、主人の加七が台所の板の間で茶をすすっていた。

「おや、お麻さんかい、内《うち》のはいまいないよ」

内儀のおとせに用か、と加七は気を回した。

「いいの、じつはね、さっきおぶんさんがやって来て、散々泣き言を並べていったのよ」

「あの女、早速うちの悪口を言い立てていったのだろうな」

加七は不機嫌そうに言って、煙草盆を引き寄せた。

「ご隠居さんのお居間を直しているんだってね」

お麻のところまで、建物を修復している物音が伝わってくる。

「だいぶ古くなって来たからな。基礎はそのままで、中だけ大修繕しているのだよ。物要《い》りでかなわん」

美味そうに、加七は唇をすぼめて煙草の煙を吐き出した。

お麻も加七も、紛失した三両については、おくびにも出さない。触れれば治助の耳に入れなければならなくなる。加七がそれを望んでいないのがわかるお麻は、町方の手先の娘なのだ。

「ちょいと見せてもらっていいかしら」

「普請場をかい。いいけれど、お麻さんは何でも興《きょう》を持つんだねえ」

加七は先に立って奥庭にお麻を連れて行った。

狭い奥庭で、畳屋が床《とこ》に新しい畳表を縫いつけている。

八畳の部屋の中では、大工が床の間の欄間《らんま》の工合を調節していて、加七とお麻に気づくと、軽い会釈を送って来た。

表具屋は、ちょうどはずした襖を重ねて、運び出す算段をしている。表具屋は居《い》職《じょく》らしく、荷車で持ち帰って襖の張替えをするようだ。

忙しく立ち働く職人たちを見ながら、お麻は治助の話を思い出していた。

箱崎の炭屋の柏屋で、やはり家の普請中に金一両が紛失した、という災難があった。

その件と、今回のこの住吉屋の状況があまりにも似通っている。

加七はおぶんをその犯人と決めつけて暇を出したが、はたしてそうだろうか、とお麻はあやぶんでいた。

八

「わたしは、いささか納得できないのだ」

生姜《しょうが》の酢漬けを肴に、英吉は猪口の酒をひとすすりして言った。

〝子の竹〟の夕刻、少しずつ客が立て混んで来るが、客あしらいにはまだ余裕がある。店番のてつと文平で充分さばけているのだ。

「お浜さんのこと――？」

お麻は英吉の隣に腰をかけて訊いた。

「三年の予定で上方《かみがた》へ行って、もう七年になる。とっくに江戸へ戻っていてもおかしくはないさ」

「向こうで腰を落ち着けちゃったのかしら」

「たとえそうでも、何か言って来るべきだ。金釘流《かなくぎりゅう》でも手紙くらい書けるだろう。よしんば書けなくても代筆という手がある」

静かな口調にも、英吉の憤《いきどお》りが滲《にじ》んでいる。

それというのも、縁者のいないお浜のために、通夜も野辺送りもお麻と英吉がとりしきったのだ。名もないような小さな寺内に、墓も決めた。初七日をすませてから、家主や差配への挨拶も滞りなく終わらせ、わずかばかりの遺品一式を処分した金子《きんす》は、供養料として寺に納めた。

そうした煩雑な用事を英吉はてきぱきとこなしたのだが、その間、凜々《りり》しい一筆書きのような眉にも、涼やかに張った目にも深い屈託《くったく》の色がたゆたっていた。

「英さん、お浜さんに情が移っちゃったのね」

「いまさら、という感がなくもないさ。こんなごたくを並べたって虚《むな》しいばかりさ。だけど、わたしは利八という男が許せないんだよ」

そんな英吉の潔癖さは、お麻にとって好ましいものだ。

「どうしたら英さんの心がおさまるの？」

「わたしが思うに、やつは江戸に戻っている」

「わたしもそんな気がするわ」

「それなのにお浜さんに連絡《つなぎ》をつけていない。男ならけじめをつけるべきなのだ」

英吉は語尾を強めて言った。

「約束は約束ですものね。三年で帰るって――」

「呑む、打つでこしらえた借金がたとえ五両でも、お浜さんが体で肩代わりした借金だ。それを梨の礫《つぶて》とはけしからぬ。お浜さんは息を引き取る前に、男の名を口にしなかった？」

「ええ、利八の利の字も」

「それはむしろ、心底男に惚れていたっていう証《あかし》だと思う。胸の奥深くにずっしりと重く秘めつづけたからこそ、かえって軽々しく口にできなかったのではないだろうか」

うっ、とお麻は胸をつまらせた。

お浜がそんな思いで死んでいったのなら、利八はなんという冷酷非情な男だろう。

「そいつがどこで何をしているかはともかく、このまま捨て置いていいって法はないね。一度でいい、お浜さんの墓前で謝ってもらおうではないか。わたしはそいつの首根っ子を押さえつけても、連れて行くつもりなんだ」

「お仕置きされて当たり前だわ」

「そこでだ、江戸じゅうに足を伸ばしての人探しになる」

「どう手を打ったらいいかしら。弘《ひろ》め札《ふだ》や迷子札ってのも変ね」

「父親とは橋本町に住んでいたっていう話だったな。まずそこからだろう」

お麻はお浜から、肝心な要点はほとんど聞いていなかった。それほどお浜の死は急に訪れたのだ。父親の眠っている墓所すら聞きそびれていたのだから。

貧富の差などとひと言ではすまされない、目を覆うような生活がそこにはあった。

神田堀は、江戸の外濠《そとぼり》の竜閑《りゅうかん》橋から発し、亀井《かめい》町と橋本《はしもと》町の間で直角に曲がり、浜町堀となって大川の三ツ俣《みつまた》にそそぐ。

神田堀を境にして北が神田、南が日本橋という町割りになっている。

橋本町一丁目の弥平店《やへいだな》は、ごたごたとした貧乏長屋の並ぶどんづまりに、うずくまるように建っていた。

天を仰げば澄みきった初秋の空が拡がっているのだが、なぜかここにはその恵みすら届いていない感さえある。

軒《のき》はかしいでいて、どの家の腰高障子も穴だらけ。じめじめしたどぶ道からは、思わず鼻をつまみたくなるような悪臭が、目に見えるほどに立ち昇っている。

棟割長屋のそこかしこから、男とも女ともつかない怒鳴り声が、やたらと耳に飛びこんでくる。

貧しさもここに極まれり、といった場所だ。

お麻も英吉もそれなりに余裕のある生活だ。それだけにこの寒々とした景色を眼《ま》の当たりにして、全身の力が却脱し、逃げ出したい気分になっていた。

お浜はここから岡場所に売られていったのだ。眼をそむけたくなるほどの貧しさと、女郎にされたお浜の心境を重ね合わせ、暗澹《あんたん》たる思いに、二人して言葉を失っている。

と、一軒の家から中年の女房が出て来た。継ぎはぎだらけの筒袖《つつそで》の木綿は、ところどころ生地の糸までほつれている。見なれぬ風体の男女にぶしつけな視線をくれたが、その眼には何の感情も見られなかった。その日、その日に追われ、満足に食べることもままならぬであろう暮らし向きでは、世間の諸事に関心など持てないのだろう。

「ちとお訊ね申します。だいぶ以前になりますが、こちらに大工の職人さんと娘さんのお浜さんという親娘が住まわっていたようですが、ご存じありませんか」

英吉が丁寧に訊ねた。

「知らないね」

無関心のつづきのような返事だ。

「では家主さんを教えてください」

「通りに面した仕舞屋《しもたや》だよ」

「大工の貞造《さだぞう》とお浜ね。はい、憶えていますとも」

お浜の父親は貞造という名だった。

「そのお浜さんには、利八という許嫁がいたそうですが」

英吉の問いに、

「知らないねえ」

家主の返事はそっけなかった。

この弥平店は棟割長屋が四棟並んでいて、六十年配のこの家主が面倒を見ている。

一棟が背中合わせに十軒。都合四十軒の世帯に、かなりの人数がひしめき合って暮らしている。

利八はここの住人ではなかったようだし、貞造父娘もそう長くは住んでいない。となれば、家主が事情にうといのも無理はない。

「こちらに移り住む前は、どこでした？」

「さあて、どこだったけな」

人別帳を調べるまでもない、とばかりに家主は宙を睨んでいたが、

「おう、そうだ、銀《しろがね》町だよ。うむ、まちがいない。わたしの姪がそこで所帯を持っていたんで憶えているんだ」

家主は、すばらしい記憶の冴《さ》えを発揮した。

九

銀町は西神田に位置している。橋本町からだと半刻近くかかりそうだ。

「少し暑いけど、いい天気だから、歩くのも悪くないわ」

駕籠にするか、と訊いた英吉に、お麻は事もなげに先に歩き出した。

神田堀を挟んだ南北には、並行する広い道が西へと延びている。この一帯も江戸の繁華な町である、商店が果てもなく軒を連ね、人通りも半端でない賑わいをみせている。

塗り下駄の足どりも軽く、お麻の裾さばきは粋というより颯爽《さっそう》としている。通りすがりの男たちが振り返るから、厭でも余計に首も背筋も伸びている。男の視線は女を得意にさせる。

小間物屋も呉服屋も紅白粉《べにおしろい》の店先も、ちらと眼の端で走り見するだけで、足を止めることもなかった。

橋本町からおよそ六丁（約六〇〇メートル）、地蔵橋《じぞうばし》跡の通りに出た。ここは広い道の四つ辻になっていて、目的地に向かうにはさらに直進するのだが、さりげなく右手を見たお麻の眼に、一人の男の姿が入った。

すらっとした体型に紺染めの翁格子《おきなごうし》を着流している。歳の頃は二十七、八。苦み走ったじつに美《い》い男である。ただし、先の尖《とが》った形の良い鼻が、冷たそうな雰囲気を表《ひょう》しているが。

手をつないでいるのは三つくらいの男の子だ。くりっとした目を上げて、

「お父《とう》、唐人飴《とうじんあめ》買っておくれ」

可愛らしくねだる。

「いいとも、飴売りがいたらな」

前を向いたまま、男は声を返した。

──あらっ　あの男《ひと》……。

お麻は親子連れのうしろ姿を目で追った。どこかで会っているのだが、思い出せない。思い出せないまま、やがて二人は通町《とおり》の大通りに出た。

この道幅は十間の広さがある。この通りこそが江戸商売の中心地であり、北は筋違《すじかい》御門から日本橋を通り抜け新橋《しんばし》へ至り、更には東海道《とうかいどう》へとつづく江戸の大動脈なのである。

銀町へ行くためには、通町を北へ行く。道の両側には建《たて》看板や置看板の問屋が甍《いらか》を連ね、種々雑多な喰べ物屋が集まっている。

新石《しんこく》町の手前を左に曲がり、多町《たちょう》を過ぎれば、道の両側に銀町がある。表店の多くは両替商で、一種独特な空気感のある一画だ。

この年の二月一日、近くの三河《みかわ》町から火が出た。火の先は外濠沿いに日本橋まで延びたが、銀町の一部はからくも類焼をまぬがれた。

横店や裏店で訊きまわるうち、貞造父娘が住んでいた吾助店《ごすけだな》をつきとめた。

日常の細々《こまごま》した事を知るには、家主よりまず隣人だ。そこで先に長屋を訪ねることにした。

吾助店は橋本町よりよほどましな割長屋だった。父娘の落魄《らくはく》していった生活ぶりが如実に見えるようだ。

折よく井戸端に青菜を洗う老婆がいた。

「もちろん憶えていますともさ」

伸ばした腰を叩きながら、白髪の髷《まげ》をちんまりと結った老婆は、懐かしそうに皺の中の眼を輝かせた。

「貞造さんと死んだウチの亭主は、同じ大工仲間でさあ、親方もおなじ大吉《だいよし》だし、家も隣合わせ。あの頃はよかったなあ」

老婆は物悲しい顔色になった。どんなに楽しい思い出も、喪《うしな》った親しい人との過去は悲しみと背中合わせなのだ。

「お浜さんて、どんな子でした？」

薄幸だった女にも、明るい将来を夢見た少女期があったはずだ、とお麻は追悼の気持ちをこめて訊いた。

「貞造さんの女房は、お浜ちゃんが五つのとき、病気で死んじまったけど、あの子はけなげでよくできた子供だったよ。まだほんのねんねの頃からよく家の手伝いをしていたね。あまり器量よしじゃなかったが、父親思いのほんとに感心な子だった」

「あのね、お婆さん、そのお浜さん気の毒に亡くなったんだ」

　単刀直入に英吉が言う。

「えッ！　お浜ちゃん死んじまったのかい」

　親しかった娘の死をどう受け止めようか、と老婆はとまどっているみたいだった。

「この十二日に息を引き取りました」

「そうだったのかい。貞造さんが亡くなったのは風の便りに聞いてたけど、お浜ちゃんまでねえ。で、お浜ちゃんはいままでどこでどうしていたんですかえ？」

　いまさら死者を穢《けが》すこともあるまい、と英吉はそれとなくお麻に目配せをした。察しのいいお麻は了解のまばたきを一つしてみせた。

「ずっと髪結いをしておいでだった」

「利八とは夫婦にならなかったのかい。お浜ちゃんは十五、六の頃からあの男にぞっこんだったから、わたしらはてっきり一緒になるもんと思っていたのさ」

「利八さんもご存じのようで」

「ご存じもご存じ。あの子も大吉で大工見習いをしていたんだから」

「いまはどうしているんですか」

「さあ、貞造さんが病気で仕事にならなくなり、やむなくここを引き払ったあと、しばらくしてだったね。利八の奴、住み込んでいた親方のところからふっと姿を晦《くら》ましてしまったのは」

お浜から五両の金を貢《みっ》がせて、上方へ修行に行くと言っていた時期がそれに相当するようだ。

「どんな男でした？」

「男が自分の面《つら》を鼻にかけるようじゃ、おしまいだね」

「美男子？」

「役者顔負けの色男だったけど、ちょいと癖が悪くてね。界隈の娘っこに手は出すわ、親方の眼を盗んで鉄火場《てっかば》なんぞにも出入りしていたらしい。そんなこんなで親方も匙《さじ》を投げたんじゃないのかね。房州のほうから預かった子のようだが、出て行った者《もん》のあとは追わねえ、と諦めていなさったね」

竪大工町《たてだいくちょう》は銀町から新石町に道二本ほど寄った所にある。その横店の腰高障子に〝大吉〟と大書されている。

戸を開けた英吉が声を張り上げた。

「ごめんください」

広く取った土間の壁ぎわに道具類が整然と置かれていて、家の中は思いがけないほど静かであった。上り口にも障子が立て廻してあって、その片側に奥へつづく通路ができている。

その通路から初老の女が出て来た。手拭を姉さん被《かぶ》りにして、前垂れで濡れた手を拭きながら、

「どのようなご用向きで……」

「親方の吉次《よしじ》さんにお目にかかれませんか」

先ほどの老婆から親方の名を聞いていた英吉が、軽く腰をかがめた。

「ウチの人は普請場ですよ。わたしでわかることでしたら何なりと……」

細身の体ながら歯切れのいい物言いが耳に心地よく、いかにも大工の女房らしい貫禄が身についている。

「昔こちらにいた利八さんについて、少々伺えたらと存じまして」

「ああ、あの人ね。その利八はいま大草《だいそう》さんで働いているって噂を聞きましたよ。けど、うちの棟梁はあいつが嫌いだったし、大草さんともそれほど付き合いがないから、詳しい事は分かりませんね」

十

大草がある神田佐久間町《さくまちょう》へ行くために、八辻《やつじ》が原《はら》の筋違御門《すじかいごもん》へ向かう。八辻が原を前にして、屋台の寿司屋がある。この年、華屋与兵衛《はなやよへえ》なる者が、早寿司《はや》とも称する握り寿司を考案した。これが大当たりだ。人気に火がついて、雨後の筍《たけのこ》のように屋台や出店がそこかしこに出現している。

「英さん、ちょいと寄って行く？」

「そうだね、そろそろ時分どきだ」

小ぶりの握り飯ほどもある玉子焼き、穴子、小鰭《こはだ》の三つも腹におさめれば、お麻はもう充分だった。

手巾《しゅきん》（ハンカチ）で軽く口元を押さえながらお麻が視線を動かした。その大きな目が凝視《ぎょうし》する先に、英吉も目をやった。

二人の前を歩いて行くのは、先刻、地蔵橋跡で見かけた子連れの男だった。

だがお麻は、あることを唐突に思い出していた。

それは住吉屋の隠居所の普請である。あのとき、床の間の欄間《らんま》を手がけていた大工が、あの子連れの男だったのだ。

「行くぞ」

英吉が手早く勘定を払う。

神田川に沿って、佐久間町は東西に延びている。

男の姿が〝大草〟と書かれた戸口の向こうに消えた。

付近で少し聞き込んでみるか、と思案する二人は、折りよく〝大草〟から出て来た若い男を見た。

腹掛けに名入り半纏、股引姿だが、歳から見てまだ一人前の職人ではなさそうだ。

好都合とばかり、

「たったいま見かけたけど、利八兄いはちっとも変わらないねえ」

若い男に近寄った英吉が、さりげない鎌《かま》をかけた。

「若棟梁のお知り合いで――？」

ぺこりと頭を下げる若者に、

「連れていた子は、兄いの子かい？」

駄目押しに訊く。

「へい、さよで、芳《よし》坊と言って三つになります」

一つ答えれば、あとは流れのままだ。

「可愛い子だ。ご新造さんはこちらの——？」

「へい、こちらのお嬢さんと祝言《しゅうげん》を上げて、かれこれ四年てとこです」

三年後に、というお浜との約定はぼろ雑巾のごとく反古《ほご》にされたのだ。つまり少なくとも四年ほど前に、利八は江戸に戻っていたことになる。

むらっと燃えあがる怒りが、お麻の声を軋《きし》らせて、

「いずれは、こちらの跡を継いで棟梁におなりになるのですね」

そうはさせまいぞ、と両手を固く握りしめていた。

十一

朝茶の席を仕組んだのは、お麻である。仕組んだ、というより材木問屋の利根川屋《とねがわや》にねだったのであった。

利根川屋の寮は、深川猿江《さるえ》町にある。ここより東は大名の下屋敷や、十万坪、六万坪という広大な葦《あし》の湿地や、矢竹の草原と田畑ばかりで、閑寂この上ない土地である。

茶室は、松林と竹藪に囲まれてしごく閑静な佇《たたず》まいだ。ごく自然のままを思わせて、

その実、巧みな植木職人の手の入った茶庭であった。

風炉《ふうろ》の鉄瓶は、静かに湯気を立ちのぼらせている。

紅葉を置いた天目《てんもく》も、白い桔梗《ききょう》を一挿《ひとさし》した竹の花入れも、柿葺《こけらぶ》きの蒲天井《がまてんじょう》の四畳半にふさわしく、つつましい。

「けっこうなお服かげんでございます」

お麻につづいて英吉が茶碗を置くと、丹二《たんじ》が早速、切り出した。

「大方の話は聞いた。ま、世間にはよくある情話と言ってしまえばそれまでだが、お麻や英吉の怒りがわからぬではない。そこで、二人に計略があるそうではないか」

どことなく、丹二は面白がっている。おとこはいくつになっても悪戯《いたずら》好きだ。

「もし、失敗して事がこじれたら、私がその責めを負います」

英吉の口調はひどく気負っている。

「たとえ思惑はずれだとしても、誰かが責めを負う、というほどのものでもあるまい」

丹二はゆるやかな微笑を浮かべて、気楽そうにかまえている。

「利八は二年ほど上方にいて、それでも大工の修業は積んだらしい。江戸に戻って〝大草〟の厄介になった。入り婿になったのは、器用な腕を買われた事もあるが、親方のひとり娘が利八に惚れこんで、何が何でも、と望まれたようです。しかし、まだやつの勝手にできる銭金はない。それでも賭けごとはやめられない。そこで……」

あとをお麻が引きとって、

「英さんが調べました。そしたら、柏屋の普請にも利八が仕事をしている。それに住吉屋のほかにも何軒か同じような目に遭っている。うやむやにしてますがね。鉄火場では分不相応な金を使っていて、そんなことから、あちこちで金を盗んだのは利八だ、とつけた目星に自信があります」

熱っぽく語った。

「二人とも意気盛んだな」

利根川屋三代目の丹二は、フフッと忍び笑いをもらした。

富商の三代目に対して、戒《いまし》めともなる落首がある。

『売家《うりいえ》と唐様《からよう》で書く三代目』

一代目が死にもの狂いで財を築く様子を、二代目は眼の当たりにしているから、遊興に散在することなく家を守る。だが、三代目は生まれながらの金持ちである。算盤《そろばん》代わりに筆を持ち、唐文字にも達者になる。のみならず、酒色に溺れれば、さしも莫大な資財もあっという間に雲散霧消し、家屋敷を手放すはめになるのだ。

その点、丹二はちがった。

商才に長《た》け、強引容赦ない商談もあっさりやってのけ、確実に儲ける。出さねばならない金はすんなり出すが、死に金は使わない。

「その企ての一味に、わたしを引きこもうと言うんだね」

「一味だなんて、これはお浜さんの無念を晴らすための、正しい方策です」

むきになるお麻を、丹二はさも面白そうに眼を細めて見やっている。

「前に、旦那さまが寮の離れを改修したい、とおっしゃっておいでだったのを思い出して、この計略を思いつきました」

「なるほど、そうなるとわたしも手を貸す義理がある、という訳か」

鷹揚に、丹二は大きく頷いた。


利根川屋の寮の改修工事が始まった。

戸口を入ったところが三畳の控えの間。次が四畳半と六畳の襖つづきの座敷で、ここは来客用。古びてはいるが、さすが材木商の建屋である。狂いの少ない杉や檜《ひのき》をふんだんに使った屋台骨はびくともしないが、年を経た板壁や京壁に傷《いたみ》が見える。戸板や襖の建てつけもよろしくない。

人を介して、大工は〝大草〟の息のかかったところになる。

特に念入りにしたいのは、欄間の細工彫りである。

ついては〝大草〟に腕のいい床の間大工がいる。と聞き及んでいるので、ぜひともその職人に頼みたい、と申し入れたところ、案にたがわず利八を差し向けると返答して来た。

こうした交渉は丹二自らが手配りし、すべての支度がととのったのである。

普請が順調に進み出すと、丹二が一つ注文を出した。

「四畳半をまず先に仕上げてもらいたい」

京壁が乾くのを待って、その四畳半に元々あった小簞笥が持ち込まれた。

「みなさん、どうぞ一服なすってくださいな」

お麻は丹二の妾ということになっている。

煙草盆やら茶道具やらを縁《えん》廊下に用意して、職人たちに声をかける。左官も畳屋も経師屋《きょうじや》も手を休めてやって来た。

「すんません、お手数をかけて——」

「いただきやす」

それぞれ煙草入れを取り出すやら、湯呑みに手を伸ばすやら、江戸の職人の中休みは、のんびりしたものだ。

縁廊下の向かい側に東屋《あずまや》があり、その先に屋敷神の小さな祠《ほこら》がある。火事で儲ける材木商だが、この祠は硬《かた》く燃えにくい柘植《つげ》の木でできていて、火除けを願うものだ。

「そちらもおいでなさいな」

東屋に向かってお麻が声をかける。

指物師や床の間大工などは、自分の仕事場で作品を仕上げ、普請《ふしん》現場ではわずかな調整をするのが通常の手順だ。欄間細工の利八には、

「たった二面のことだ。ここでやっておくれ。東屋を使えばいい。屋根はあるし、囲いをすれば風も防げる」

と丹二の指し図だ。透《す》かし彫りの図柄も、手間のかからない波と千鳥に決めたのも丹二だった。

ほかの職人がざわざわしている現場では気が散る、と渋るかと思いきや、利八はあっさりと承知して毎日かよって来る。

お麻の誘いに、利八は小刀を置き、衣類についた木屑を払いながら足を運んで来た。

少しずつ席を詰めてくれた職人たちに、

「すまねえ」

口だけは殊勝に言って、利八は縁側にどっかと腰をおろした。

主《あるじ》がいては気がねなのだろう、職人たちの口は重い。

「わたしは、ちょいと向こうへ――」

と、お麻は立ち上がりざま、帯の間から赤い羅紗《らしゃ》の紙入れを抜き出した。それを手に、ゆっくりと小簞笥へ向かう。背に突き刺さる利八の視線を痛いほど感じながら。

小簞笥の抽《ひ》き出しに紙入れを落としこみ、あとはいったん母屋へと消える算段である。


四日目のことだった。空はまだ明るく、葉の茂る樹々の梢《こずえ》をとおして、熟柿色《じゆくしいろ》の夕日がしたたり入っている。

職人たちはそれぞれに立ち去り、あとは一人、利八が帰り支度をしている。

お麻は、これ見よがしに抽き出しに紙入れをしまうと、離れの戸口を出た。

利八は着物の裾をはたいてから端折《はしよ》り直すと、風呂敷に包んだ道具箱をかかえ、裏の木戸口へ向かって足を踏み出した。

数歩行って、その足が止まった。

左右に素早く目を配り、人のいないのを確かめると、体の向きを変えた。そのまままだ戸の開いている四畳半の縁廊下に走り寄り、だっと飛び上がった。つつっと畳の上を滑り、小簞笥に体をぶつけるようにして、抽き出しを開けた。

引き抜いたその手に、赤いものが握りしめられている。すかさず、飛燕《ひえん》のごとく身を翻《ひるがえ》そうとした瞬間、

「やっぱり、てめえかっ」

怒号が降って湧いた。

祠の奥の植込みから躍《おど》り出たのは、治助であった。普請の初日から張り込んでいたのだ。

正面を立ちふさがれ、戸口へ逃れようとした利八がたたらを踏む。

控えの間で仁王立ちになった丹二は、びくとも動かぬ面《つら》がまえだ。

「見届けたり――っ」

芝居がかっているのは余裕綽々《しゃくしゃく》だからだ。

六畳の間では、いつの間にかお麻が座敷箒《ほうき》を振りかざしている。

「ちくしょう、図ったなっ」

端正だった面貌が醜く歪み、ぎりぎりと歯嚙みする口は、いまにも耳まで裂《さ》けそうだった。

本材木町《ほんざいもくちょう》の利根川屋の本宅に挨拶に行った帰りである。

英吉と並んで歩く楓川《もみじ》の水面は、眩《まぶ》しいほど光輝いて、吹き抜ける風にも秋の到来が感じられる。

「一世一代の捕物を見損なったよ」

あの場に立ち会えなかった英吉は、言葉とは裏腹にさして残念そうでもなく、淡々とした表情だった。

「何だか後味が悪いのよ」

お麻には、やはり罠を仕掛けたというしろめたさと、芳坊の幼顔が脳裏をよぎっている。

確かに利八は、お浜の真心を踏みにじった人でなしだ。

「利八は、いずれ捕まる身だ。どうせなら極力早いほうが奴のためだったのさ」

浮かぬ顔のお麻をいたわるように、英吉は思慮深く言った。

お麻の仕組んだ紙入れには、ずっしりと重いと見せかけた小銭ばかりの一両ほどしか入っていない。これもお麻の考えだった。

法の裁きでは、十両盗めば死罪である。一度の盗みが十両に満たなくとも、何度かの累《るい》計で十両になれば同じ判決になる。

表に出ている柏屋と今回の盗みだけなら、刑はぐっと軽くなる。運がよければ重《じゅう》敲《たたき》（百打）の仕置きで済む。

しかし、このまま盗みを重ねていれば、十両を超える訴えが出され、その結末は想像するまでもないのだ。あとは裁きの場で、余罪が出ないことを祈るばかりである。

「あんなささやかな仕返しだったけど、お浜さん成仏してくれたかしら」

「むろんさ。お浜さんは利八への思いにしがみつくことで、遊女である苦痛に耐えられた。だから世間に戻って、その苦痛から解放されてみれば、利八の存在ははるか彼方に遠のいてしまったのだと思う。だから、恋慕の情を胸に秘めたまま、探そうとしなかったのさ。それに父親と同じ病《やまい》で自分も死ぬ、と覚悟していたのだろう。侍は儀のために死ぬ。町人は情のために死ぬ。それはそれで信念を貫くことだけど、死ぬのに理由なんかいらないのさ。自然に命の火が消えて、この世からいなくなる。それが一番美しいことだって、お浜さんは気づいていたにちがいない」

しみじみとした英吉の声音《こわね》が、まったくの清いものとして、お麻の胸に拡がってきた。

第三話　夜雨の殺意

一

夜半に冷たい霧雨《きりさめ》も上がったようだ。

女の下駄がどぶ板を蹴《け》り立て、やがて、

「おさいさあん……」

勢いづいて腰高障子が引き開けられた。

二月《きさらぎ》の弱々しい陽射しは、裏長屋の家の中にまで届いてこない。

「どうしたの、おさいさん、具合でも悪くしたのかい」

土間を入ると、一畳半の板の間、その向こうが六畳の畳敷き。そこにのべられた夜具に、おさいが横たわっている。

割長屋で、突き当たりの板戸を開ければ、隣境の板塀と鼻を突き合わせるのだが、いまは戸が閉《た》てられ、薄闇の溜まりの中で、おさいの横顔が青白く、浮かんでいる。

「おさいさんたら……」

上がり口に片足をかけた女の口から、

「ひッ！」

悲鳴がもれた。


日本橋亀井《かめい》町の、この惣左衛門《そうざえもん》長屋の店数は、どぶ道をはさんで十六。住人は赤子をふくめておよそ三十人。

風はないが薄曇りの寒々しい空の下、南町奉行所の定町廻り同心の古手川与八郎と手先の治助が出張《でば》って来た。

出職《でしょく》の者たちはまだ戻って来ていないが、長屋に残る者たちが、井戸端に集められていた。

居職《いじょく》の男が二人、あとは子持ちの女房たちで、常日頃のかまびすしいお喋りはどこへやら、奇妙な静けさがぎこちなく淀《よど》んでいる。

それというのも、おさいは何者かによって殺害されていたのである。

むっちりと脂《あぶら》ののった首の喉仏《のどぼとけ》の上に、くっきりと紫色の指の跡があり、扼殺《やくさつ》されたことが歴然としていた。

「いいか、みんな、知っている事があったら、包み隠さずお役人に申し上げるのだよ」

大家の庄之助《しょうのすけ》は苦りきって、集められた人々を見廻した。

けっして豊かとは言えないが、相長屋同士の穏やかな日々の暮らしに、突如暗雲がたれこめる驚天動地の凶事が勃発《ぼっぱつ》したのだ。

「昨夜から今朝にかけて、おさいを見かけた者はおらぬか」

長身の与八郎は腕を組み、眼を細めた。動かぬその視野の中に、全員の表情が捉えられているようだ。

返事はなかった。

「どうやらおさいは、ぐっすり寝入っているところを、非常に強い力で締め上げられたようだが、おさいの死体を見つけたのは……？」

与八郎に問われて、治助が答えた。

「おふうという女でございます」

みなに押し出された格好で、女が最前列に進み出た。

「その折の仔細を語ってもらおうか」

おふうは、さして目立ったところのない平凡な顔をした女である。小ざっぱりとした布子《ぬのこ》に前垂れ姿だ。

「おさいさんが仕事場に出て来ないので、様子を見て来るようにって、親方に言いつけられたんですよ」

「親方とは……？」

まじろぎもせず、与八郎はおふうの顔を凝視した。

「組紐師《くみひもし》の彦左《ひこざ》親方です。わたしとおさいさんはそこで組紐を打ってます」

絹や木綿や麻を材料として、組紐は作られる。用途は広く、武具、仏具の飾りや帯締めなど入用が多い。質の高い作品を作るためには、年期の入った職人の腕が求められる。

「おさいの歳は……？」

「わたしと同じ三十五です」

一人前になるには十年の年季が要《い》ると言われている。

「おさいは彦左のところで長いのか？」

「かれこれ十五年になります。弟子入りしたのもわたしとほぼ一緒。わたしには亭主も子もいますけれど、おさいさんは一度も縁づいた事がありません。ただ、ただ働くばかりでしたのに、どうして他人《ひと》の手にかかって死ななきゃならないのですッ」

木綿縞の袂《たもと》を握りしめたおふうの手が、わなわなとおののいている。

「犯行のあったのは、おそらく昨夜半であろう。両隣の者は……？」

はい、と進み出たのは、三十がらみの女である。丸顔で、目頭《めがしら》の切れこんだ大きな目が、ちょっと人目を引く。ふくよかな体つきに、隠しても隠しきれない女盛りが匂いたつ。

「おさいさんの右隣に住まいしているおそめと申します」

おさいの家は木戸から三番目であるから、おそめの住まいは四番目になる。

「昨夜は家にいたのか？」

「はい、午《ひる》すぎに家を出て本所へ廻り、その足で働き先の羽衣亭《はごろもてい》へ行きました」

「ふん、本所ってえのは何だ？　羽衣亭ってえのはどこだ？」

与八郎は苛《いら》ついた口調になった。

「本所の清光寺《せいこうじ》の墓に母親が眠っておりますので――」

「墓参りか？」

「お役人さま、おそめさんはおっ母さんの月命日にはきまって墓参りをする感心なお女《ひと》なんでございますよ」

　女房の一人が口を挟んだ。それを無視して、

「羽衣亭ってえのは……？」

「米沢《よねざわ》町の料理屋です。わたしはそこで下働きをしております。昨日は夜番でして、八つ半（三時）から五つ半（九時）まで働き、家に戻ってからすぐに寝てしまいました」

「その際、何か気づいた事はないか？」

「さあ……それにひとたび寝れば、朝まで目が醒《さ》めません。もうぐっすりですから、何も知りませんね」

　与八郎はあからさまに渋面《じゅうめん》を作り、

「左隣の家の者は……？」

　人々の面上を見渡した。

　ぽつぽつ出先から戻って来た者もあり、井戸端に二十名を超す住人がひしめいている。

「あっしです。左官の仁助《じんすけ》と申します。あっしのところは女房と二人の子の四人暮らしなんで、団子のようにひっついて寝ています。ときどき子に蹴飛《けと》ばされて起きる事

はありますが、おさいさんの異変にはまったく気づきませんでした」

不気味なほど静かな犯行である。

「おさいに男はいなかったのか？」

その問いに、一堂の空気が微妙に変わった。気まずそうな咳ばらいに、ひそひそ声の耳こすりが拡がり、そのざわつきを吹き払うように、

「あっしにはどうも気が引けるし、亡者を傷つけるなんざあってはならねえが、長屋じゅうの者が知ってる話なんだ。いつどうやって流れた噂か知らねえが、おさいさんには何かうしろ暗い秘密があるんじゃねえかって――」

職人らしい中年男の話を引き取って、別の若い男が言葉をはさんだ。

「ぶっちゃけた話が、夜鷹《よたか》まがいの事を、おさいさんはしてのけている、という話なんだよ」

それを聞いたおふうが、げッ！　とのけぞった。

「そ、そんなの嘘っぱちだ。おさいさんが夜鷹の真似事なんかするもんかッ」

激したおふうは、涙声を震わせた。

「誰もたしかめたわけじゃないさ。だけどときどき、おさいさんは暗くなってから出かける事がある。そういうときは、帰りは決まって夜中になるのだ。昨晩も、暮れ六

つ頃に出かけたようだった」

仁助の証言に、みなが揃って頷いた。

長屋の夜は早い。灯火を惜しむから、暗くなればさっさと寝てしまうのだ。

「おい、木戸番、昨夜の路地木戸はどうなっていた？」

「へイ、いつもどおり四つ（十時）ちょうどに閉めました。わたしは見ておりませんが、おそめさんもおさいさんもそれまでには戻っていたのではありませんか」

つまり、遅く帰った者のために、四つ以降は木戸をあけていない、という事である。

二

「薄ッ汚ねえ夜鷹となりゃあ、どんな剣呑《けんのん》が絡んでいねえともかぎらねえからな」

もしおさいが夜鷹ならば、最下級の売笑婦の生き死《いし》になど、まともに取り上げるまでもない、とばかりの与八郎の口調である。

しかし、治助には得心がいかない。組紐師というまっとうな仕事について十五年、おさいの実入りはいいはずだ。何も夜鷹などしてわずかばかりの銭を稼ぐ要はあるまい。

「ともあれ、相長屋の一人一人を洗ってみろ。ひょっとして、ひょっとしねえともかぎらんだろう」

「へい」

腰をかがめた治助は表情を引きしめた。

手先にとって、聞き込みこそが重要であり、腕の見せどころである。

大方の手先は、公儀御用を嵩《かさ》にかかって、脅しすかしを正義にすり替えてしまう。しかし治助は勇み立ちながらも、やわらかくていねいに一軒、一軒に当たりはじめた。いかに些細な事でも見逃すまい、と熱心に耳を傾け、目を配った。

人の住むところ、ましてや境の壁などあってなきごときの長屋の隣人同士、例外なくもめごとは発生する。

他人《ひと》から見れば、取るに足らぬほど微細なことでも、当人にとっては許しがたい癪《しやく》の種《たね》となる。それが積もりつもって、火山のごとく満腔《まんこう》に煮えたぎって来る。

そうなると、もう一種の狂気だろうが、殺意にこりかたまった者がいないとは言いきれない。表面はさりげなく取りつくろっていても。

案に相違して、ことごとく肩すかしであった。目ぼしい手がかりが何一つなかったのだ。

住人の職種はさまざまだが、貧しくともみな律義、実直な生活態度であった、取り立てて隣人の悪口を言う者もいない。相長屋同士、面倒見よく助け合っている。

殺されたおさいの左隣は、左官の仁助。おさいはその家族ともしごく自然な付き合い方をしていた。いたずらざかりの子供二人からも『おばちゃん、おばちゃん』となつかれていたようだ。

右隣りのおそめ。

そのおそめが惣衛門店に住んで、かれこれ一年。口数は少ないほうだが、しっかり者らしい気色があり、近所付き合いも如才ない。

あまり昔を語りたがらないが、人には誰しもそれぞれの事情がある、我が身にも多少の覚えがあれば、そこのところはわきまえていて、みなあえて踏みこまずにいる。

熟れ盛りの美人なのに、独り身であり、訪ねてくる人間もほとんどいないようである。

治助は、おそめの勤め先である両国米沢町の料理屋羽衣亭へ向かった。

羽衣亭はかなりの繁昌店で、店の造りも大きい。そこの店主に会って、治助は意外に思ったことがある。聞けば、おそめはここの洗い場で働いていると言う。

口入れ屋からの紹介でやって来たおそめを見て、店主もまた、

『洗い場なんて下働きではなく、どうだ、仲居として座敷に出てみちゃ――』

おそめの美貌を裏方で埋もれさすのはいかにも惜しい、と勧めたのだが、

『わたし、お客あしらいは苦手なんです』

やんわりと、おそめは断わった。

『給金だってかなり違うぞ、お客からの心づけも莫迦《ばか》にならんし――』

『いいえ贅沢は申しません。そこそこ食べられればそれでよろしいのです』

昼番も夜番も実働の刻限は三刻から四刻。これでは店賃を払い、かつかつ生きるだけの収入でしかないが、おそめは、それでいい、と括淡《てんたん》としている。

――欲のない女だ、と店主は諦めた。

おそめの勤めぶりはしごく真面目だった。

おさいの真向かいには、浪人者の夫婦が住んでいる。居職の凧《たこ》張りの稼業で、絵描きの才は内職の域を超えているので、凧絵の筆もふるって評判がいい。

「おさいさんは親切でとても善い方でございました。時刻はしかと存じませんが、わたしがお手水《ちょうず》に起きたとき、お向かいさんに灯《ひ》が見えましたが、用をすませて戻ったときは、もう暗うございましたね。あのときはまだ、おさいさんはご無事でいらしたのですね」

妻女は、継ぎを当てた木綿の袖口を、そっと目に当てた。

その妻女の話から、昨夜はおさいが外出していた様子をうかがえる。

おさいは、木戸の閉まる前に長屋へ戻り、いったん灯をつけ、そして寝た――その状況をたまたま妻女が目にした、そう推察できるのである。


〝浮世小路の〝子の竹〟はまだ客もまばらな、昼の七つ下がり（四時すぎ）。

「あら、村田屋《むらたや》さん、お久し振りではありませんか」

「お麻さん相変わらずの別嬪さんだな」

村田屋次郎左衛門《じろうざえもん》は、大伝馬町《おおでんまま》に建て並ぶ五十数軒の木綿問屋のうちの一軒の主人である。大店の主人にしては気さくな人物で、息抜きと称しては、供《とも》も連れずふらりと〝子の竹〟へやって来るのだ。

「熱いのを一つ頼むよ。肴は軽く見つくろっておくれ」

次郎左衛門は、いつ来ても酔うほどの酒を呑まない。しかも客が立て混んで来る頃合には、さっと引き揚げてしまう。まさに息抜きの美酒を楽しむのである。

「お待たせ――剣菱《けんびし》の熱燗に、このわたです」

剣菱は伊丹《いたみ》の銘酒で、このわたは海鼠《なまこ》の内臓を塩辛《しおから》にしたもので、どちらも高値である。

次郎左衛門が盃に二つ三つ空《あ》けたとき、

「おや、お父つぁんのお帰りだ」

「おう、お帰りだね」

次郎左衛門は、得たりとばかりに小さく笑みを浮かべた。

「これは村田屋さん、珍しいですな」

歩み寄った治助に、次郎左衛門は空いている前の席へどうぞと手を差し伸べた。

「いかにも忙しそうだね」

何やら魂胆があるらしい次郎左衛門の科白《せりふ》だ。

「先日、亀井町の長屋で女が殺されていた。その探索で大忙しなのだよ」

そう言えば、昨夜の帰りも遅かった、とお麻の興がそそられていた。

「道山屋《どうざんや》の組紐師の女だってな」

「村田屋さんご存知で——？」

「親方の彦左とは顔見知りですよ」

「商いつながりですか」

「そんなところだ。道山屋の帯締めは上質で評判がいい。締めていてもゆるまないのだ。それだけ打ち方の技が高いのだ。女の職人は三人いるそうだが、殺されたのはおさいという年増《としま》だってな」

「うむ」

治助は唇を引きむすんだ。次郎左衛門がどこまで知っているのか、と用心したのもあるし、反対に何かの手がかりでも耳にできるかもしれない、と慎重な心がまえになっていた。

「お詳しいですな」

「さまざまな人脈があるでな」

次郎左衛門のふくよかな顔に、一種の威の色が浮かんで消えた。

江戸の大商人たちはその財力にものを言わせて、公儀幕府にも喰い込んでいるのだ。いつの世でも、情報ほど重要なものはない。

「おさいをご存じですか？」

「憶えていないが、顔くらい見ているだろう。ところで下手人の心当たりは――？」

「まったくありませんね。それにおさいには身寄りが一人もいないそうで、昨日、長屋の者一同で弔《とむら》いを出してやったそうだ」

「お気の毒な事――」

天涯孤独な女の無残な死を思い、お麻の口から思わず呟《つぶや》きがもれた。

「何か盗られたものでもあるのかね」

戸閉まりも手抜きの長屋住まいに、盗まれる物があるとは思えない、という表情で次郎左衛門は言った。

「驚いた事に、おさいの家の床下から金の入った甕《かめ》が出て来た。小判、二分金、二朱金とりまぜておよそ十両。下手人が家探しをした形跡もあるんだが、その金には気づかなかったんだろう」

その日暮らしの長屋の住人にとって、十両は大金である。

「せっせと貯め込んだのだな」

「初めのうちは当てがい扶持《ぶち》でも、ここ四、五年は相応の給金を取っていたそうだから、金も貯まるだろう。それなのに、なぜ夜鷹をしてるなんぞという噂が立ったのだろうか」

「夜鷹かあ――」

次郎左衛門は唇を歪《ゆが》めた。

「夜鷹の鳥目《ちょうもく》なんて、せいぜい四、五十文てところだ。となるとおさいの目当ては稼ぎじゃなかったかもしれん」

「三十五といやあ、女の盛りだ。独り寝ではあまりにも侘しすぎる。手っ取り早く男を、となれば、夜鷹もありか、なるほどな、どうせ文目《あやめ》もおぼつかぬ闇夜の出来事。双方、面輪《おもわ》も定かではない。後腐れのない夜鷹とは考えたものだ」

さて、と次郎左衛門は腰を上げた。

三

日本橋本白銀町《ほんしろがねちょう》の足袋股引《たびももひき》問屋の丸屋《まるや》へ、村田屋次郎左衛門が一人の商人を伴って来た。

「さあ、さあ、どうぞこちらへ――」

丸屋の主人源一郎《げんいちろう》が自ら立って来て、二人を店奥へと案内する。

間口六間、奥行十五間の大店の表店は、商談の場でもある。二組の先客があり、番頭手代が忙しく立ち働いている。

「先だって話しておいた福田屋《ふくだや》さんだ」

次郎左衛門が引き合わせたのは、三十代後半の男である。

「福田屋進八《しんぱち》でございます。何分ともよろしくお願いします」

いくぶん甲高《かんだか》い声で、進八は両手をつき挨拶した。

「木綿と言えばこれまでは伊勢《いせ》、摂津《せっつ》、淡路《あわじ》だが、近頃は真岡《もうか》の木綿もよろしいようで――」

福田屋は、下野《しもつけ》の真岡の木綿問屋という触れこみである。

「わたしのところでは、少し前から福田屋さんに荷を入れてもらっているが、品物は悪くない。足袋生地は丈夫だし、浴衣地の染めも、色目の仕上がりがよいようだ」

村田屋の推奨に力を得て、

「はい、丸屋さんも必ず気に入っていただけると思います。わたしどもはまだ小商いに等しい店ですが、いずれはこの江戸で……」

野心を隠そうとしない進八だった。

きりっと彫りの深い目鼻立ちに、引きしまった唇が、胆力と才覚をうかがわせる。

村田屋と丸屋の主人は、歳も近く同じ木綿を扱う商いとして、いつしか親しいよしみを結ぶ仲になっていた。

今日のように商売の融通をきかせたり、こっそり隠れ遊びに打ち興じたりもする。

次郎左衛門の妻は健在だが、源一郎は二年前に妻を病気で亡くしている。

長男で跡継ぎの銀二《ぎんじ》はまだ二十二、真面目に商売のいろはについて学んでいる。

一人娘は他家に嫁ぎ、いまや二人の子持ちになっている。

源一郎が生まれたとき、丸屋はすでに江戸でも屈指の大店であった。物心ついた年端から、商人としての心得を厳しく叩きこまれた。算勘《さんかん》の重要さ、銭一文の大切さ、機知を働かせること、機略にすぐれること、いかな失敗にもめげない強い性根を持つこと。朝な夕なに教えこまれたからこそ、いまの丸屋は小ゆるぎもなく存続しているのだ。

さりながら、源一郎はけっして厳しいだけの狭量な男ではなかった。品のある面長な顔に、豊かに育った者の余裕が見てとれる。

進八が背負って来た荷をほどかせ、品定めをしてのち、

「ほかでもない村田屋さんの仲立ちだ。手はじめに足袋地と晒《さらし》を入れてもらいましょう」

「ありがとうございます。在所《くに》に戻りましたら、早速に送らせていただきます」

「いつ戻られる？」

「まだしばらくは江戸におるつもりですが、それでよろしいでしょうか」

「かまいません。では番頭と打ち合わせをしてください」

主人に手招かれた番頭がやって来て、

「それでは細かいところの取り決めをいたしましょう」

と、帳場脇にしつらえられている書面づくりのための一画へ、進八を案内して行った。

そのうしろ姿を見送って、

「道山屋の女組紐師の一件だが、まだ下手人は捕まっていないようだね」

次郎左衛門は、世間話の体《てい》でひそひそと言った。

「むごいものですな」

源一郎も声を落とした。


出先から戻った銀二は、丸屋の店表で足を止めた。

通町の広い道路の、十軒店《じっけんだな》の方角から歩いて来るお園《その》が見えたのだ。

「叔母さん、お出かけでしたか」

銀二はゆっくりと笑みを浮かべた。父源一郎によく似た色白の細面《ほそおもて》である。

「ええ、越後屋《えちごや》さんに敵情視察へ――」

悪戯《いたずら》めいた笑みで、お園は答える。

今年四十歳になるお園は、源一郎の妹である。

「何ですか、それ——」

お園はほほ……と、笑い声を上げ、

「わたしは木綿の肌ざわりが好ましいのだけど、兄さんが、たまには絹のものも見つくろっておいで、とお言いなのでね」

呉服の越後屋へ行ってはみたものの、何も買わずに帰って来たらしい。

ねずみ色の鮫小紋《さめこもん》の長着に、こげ茶の羽織は年寄りくさいが、それをすらりと着こなすお園は、かえって若々しい。艶《つや》のある白い肌の目尻に、淡い皺があるだけで、ほっそりとしたうなじから、清潔な色気が匂い立ち、道行く人の目を引き寄せる。

二人が路地口に入ろうとしたとき、暖簾《のれん》を割って出て来たのが村田屋と福田屋だ。

「これは若旦那、お引き合わせしましょう。こちらは福田屋進八さんというお方で、真岡の木綿問屋さん、こちらは丸屋のご隠居さまと……」

「銀二でございます」

進八はいかにも実直で丁寧な辞儀をした。痩せて見えるが、筋肉質らしい背丈に、縞木綿の着物に黒八をかけた羽織という、物堅い商人の身装《みなり》だ。

「よろしくお見知りおき願います。これからお世話になる丸屋さんに、無礼を承知で申し上げますが、このようにお若くお美しい方をご隠居さまなどと、何かのおまちがいではございませんか」

まじまじとお園を見つめながら、進八はいくぶん甲高い声で闊達《かったつ》に話した。

お園は十六のとき、旗本家の奥女中として行儀見習いの奉公に上がった。

当主は、樫尾茂左衛門《かしおもざえもん》といって、千石取りの小十人組頭である。

やがて当主の手がついた。二十歳で子を生《な》した。女子だった。

その娘が組下の旗本に嫁いだのを機に、お園の実家である丸屋に帰ったのである。

当主が独裁にして横暴な男だっただけに、決して幸せな半生ではなかったのだ。

ほんのりと頬を染めて俯いたお園を、進八は気を奪われたように見入っている。

その視線の重みに耐えかねたのか、お園はかすかに声を上ずらせ、

「わたしはこれにて……」

と腰を折り、切戸口のある路地へそそくさと消えて行った。

神田堀のほうへ歩み去って行く進八のうしろ姿を見送る銀二の胸の中に、小さな異物がぽつんと発生したような。そんな不快さがいつまでも残っている。

銀二は、母の死と入れ違うように戻って来た叔母のお園を慕っていた。お園と話していると、商売の難しさ厳しさも忘れられ、心が温かくなごむのである。

それだけに、進八という無作法な態度の男の出現は、どうにも許しがたいのである。

四

「あ、銀ちゃん、いらっしゃい」

幼馴染みの銀二の顔が戸口からのぞいた。

「お麻ちゃん、ちょいといいかな」

見廻して、客の少ないのを確めてから、銀二はお麻を手招いた。

幼い頃のお麻の家は、貧しい裏長屋だった。引き替え、銀二は何代も続く大店の跡取り息子。

富商の親たちは、町人同士でも身分の差を意識して、貧乏人たちを同列には見ない。大人だけではなく、子供たちの遊びも交わらない。

しかし、銀二は大人たちの思惑など、どこ吹く風と、貧しい子供たちと泥んこになって楽しげであった。父親の源一郎も叱る事なくおおらかに見守っていたようだ。

「何かあったの？」

姉が弟を慈《いつく》しむような目で、お麻は訊いた。

「ある男を、ちょっと調べてもらえないかな」

町方の手先を勤める治助を念頭に置いた、銀二の言い方だった。

「お父つぁん、いま忙しいようなのよ。ほら、亀井町で女の人が殺されたでしょ。あれのお調べで、毎日走り回っているの」

「そうか、でも話だけでも聞いておくれ。妙な男なんだよ。どう見ても胡乱《うろん》な男なんだ。わたしはその男が何か企んでいるように思えて仕方がない。それに叔母さんが心配だ。何たって、叔母さんは世間の事にはまるで不案内だ。手管《てくだ》とも知らないで男の言辞に乗せられたら、他愛なく騙されてしまうのは、火を見るよりあきらかなんだ」

息もつかず、銀二は前置きを喋り、いよいよ福田屋進八について説明した。

お麻は一、二度顔を合わせた事のあるお園の、ろうたけた美しい面差《おもざ》しを思い出していた。

「銀ちゃんの取り越し苦労じゃないの。その男だって、丸屋さんほどのお店と取引きできるなとなれば、お世辞の一つも口にするだろうし、叔母さんに取り入ろうとしても不思議ではないわよ」

「いや、わたしには臭《にお》うんだ」

「でも、根も葉もない疑いなんでしょ」

「あれば、お麻ちゃんに頼みやしないさ。恐れながら、とお役所へ訴え出ているよ。

とにかく、小父さんの耳に入れておいておくれ」

銀二は力《りき》んで言った。白い頬に薄く血の色を浮かび上がらせて、若い肩をいからせながら帰って行った。


番頭を連れての出先から帰った銀二は、源一郎の姿が見えないので、内所《ないしょ》へ行ってみた。

源一郎が居間で一人、茶をすすっている。

「あれ、叔母さんは……？」

「お園なら根岸《ねぎし》だよ」

根岸には丸屋の寮がある。この地は日本橋から北へおよそ一里余。上野の山陰が迫る土地柄で、ひぐらしの里とかしぐれの丘などと呼ばれる閑雅な一帯であったのだが――。

「椿の花が咲いたのですね」

「満開になった、と爺やが言って来た」

お園も銀二も椿の花が大好きなのだ。花の咲く冬から春は、二人の足が根岸に向かう回数も多くなる。

「わたしも行ってよろしいですか」

すっかりその気になっている銀二である。

それに答えず、源一郎はちらと銀二を見て言った。

「お園といえば、おまえも福田屋さんに会っただろう。その福田屋さんが、どうやらお園にご執心らしい」

「何ですって——!」

「まあ、まあ、おまえが顔色を変えるほどの事ではない。この丸屋との取引を失敗《しくじ》りたくない、との気持ちの現われだろう。毎日のように顔を出すのさ。今日も文華堂《ぶんかどう》のカステイラを奮発して来て、その口上《こうじょう》がふるっている。ご隠居さまに差し上げてください、だとさ」

うふっと源一郎は笑い声をもらした。

女隠居といっても、お園の場合は源一郎の配慮である。三十人近い使用人の中には、口さがない者もいる。出戻りとか居候と陰口をきかれたのでは肩身が狭かろう、と隠居分としたのである。

「厭な野郎だッ」

美しく清潔な叔母を穢《けが》されたような、銀二の気分だ。

源一郎は聞かない振りで、

「根岸に行くのなら、カステイラをお園に届けておくれ」

「要りませんよ、そんなものッ、叔母さんだって欲しがりません」

まるで駄々《だだ》をこねる童子と変わらない。

下谷車《したやくるま》坂《さか》通りを北へ抜ければ、奥州街道裏通りになる。この往環の両側には、種々の店が戸口を開け、昼夜を問わず人馬の通行が多く見られる。

銀二は坂本町を左へ切れ込んだ。いくつかの寺の土塀を廻りこむと、その一帯が根岸になる。

前方は大きく展《ひら》け、見はるかす一面の田畑に春の光が満ちていた。

寮に着くと、銀二は枝折り戸《しおど》から庭へ入って行った。

百坪ほどの庭に、銀二が手植えした椿の樹が五本ほど並び立ち、密生した濃緑の葉先に色とりどりの花をつけている。

桃色、白色、八重のしぼり、淡紅色のぼかしなど大輪の花の咲きっぷりに見とれていると、

「やはり現われましたね」

庭下駄をはいたお園が、うしろに立っていた。顔に当たる陽光が眩しいのか、白くほっそりした指の手庇《てびさし》をかざしている。

二人の耳に、三味の音が遠く流れた。

「この辺りも変わりましたね」

「近頃は、鶯《うぐいす》もとんとさえずりません」

この地に、文人墨客《ぶんじんぼっかく》が集まりはじめた文化《ぶんか》年間は、竹藪が広がり、松や杉の森が点在し、雑木の丘がつづいて、鶯の名所としても知られる土地柄だった。

文政《ぶんせい》になってその風雅さがそこなわれたのは、大商人の別邸がふえたからである。丸屋も例外ではないが、森が刈られ、池が埋められ、垣根つづきの家屋敷が建てられた。それらは隠居所や妾宅として用いられている。

「人は自分の手で幽趣な味わいをこわすのですね。身勝手なものだ」

その自分の言葉に、銀二は触発された。

「身勝手といえば、福田屋です。叔母さんの迷惑も何のその、毎日やって来るそうじゃないですか。無礼千万なやつだッ」

「人さまのご好意を、そう悪くとるものではありません。それに福田屋さんは商いの話で来られるのですから、わたしはお目にかかりませんよ。ただ……」

お園は戸惑《とまど》いに眉を翳《かげ》らせた。

「どうしました？」

「常の買い物ならお道《みち》か婆やをやりますけど、足袋ばかりはそうも参りません。自分の足に合わせてみませんとね」

冬でも足袋を履かない女もいる。武家奉公の長かったお園は、足袋なしの暮らしは苦痛なのだろう。

「替えの足袋を忘れたのですか？」

「うっかりいたしました。それで金杉町まで参りましたの。そうしましたら、大通りでばったりお会いしたのですよ」

「誰ですか？」

「あの福田屋さんですよ」

「何ですってッ」

「あちらもびっくりなさった様子でしたが、ここで会うのもご縁だから、と甘酒をご馳走してくださったの」

「そんなもの飲んだんですか？」

自分でも甘酒に八つ当たりしている、と銀二は思った。

「美味しかったですよ」

「はしたないですよ、叔母さん」

「そうかしら」

「いくら村田屋さんの仲立ちでも、たった一度会っただけの男の誘いに乗ってはいけません」

「まあ、大げさだこと、お誘いといっても、お団子や何かを売るお休み処ですよ。それにお道も一緒だし――」

向きになる甥の様子が可笑《おか》しいのだろう、お園の顔が笑いを嚙み殺している。

「それ、いつの事です」

「八つ（二時）近くでしたよ」

カステイラを持った福田屋が、丸屋に立ち寄ったのが朝の四つ（十時）頃、という話だった。

その折、源一郎とどんな会話を交わしたのか知らないが、お園が日本橋にはいないということを知ったのかもしれない。

だが、源一郎は慎重な男だ。うかつに根岸の寮へなどと言うはずがない。

うがった見方をすれば、チョロチョロ出入りする小僧をつかまえて、福田屋は、丸屋の寮が根岸にあることを聞き出したとも考えられる。

「福田屋はあんなところで何をしていたんでしょうか？」

奥州裏街道にも木綿問屋はあるだろうが、ほとんどは江戸の中心地に集中している。新しい取引先を開拓したり、得意先への挨拶廻りなら、この江戸のはずれでは効率が悪い。

福田屋は、丸屋へ行ってもお園に会えぬから、根岸くんだりまで足を伸ばした。千載一遇の好機を願って。

そして、その思惑に天が味方した——。

「叔母さんは、あの男をどう思っているのですか？」

詰問口調の銀二だ。

「ほほ、どうも思っておりませんよ。可笑しな人ね」

「あのような男につけ入らせてはなりません」

「悪いお人なのですか」

「あ、いや、そうではありませんが、油断ならぬ男です」

「わたしのようなお婆さんに下心《したごころ》を持つ殿方などおりませんよ」

気ままな市井《しせい》の生活に戻ってから、お園はむしろ若やいで見える。あたかも咲きそびれていた花がいっきに開放され、清冽《せいれつ》な香気を放っているかのようだ。

叔母ながら、美しい、と銀二は面映《おもはゆ》い目をそらした。

そのお園から、福田屋の定宿を教えられたというのを聞いて寮を出た。

五

根岸からの帰りの足で、銀二は〝子の竹〟へ顔を出した。

お麻に一部始終を聞いてもらうと、

「おや、銀ちゃん、あんたその福田屋に妬《や》いているのね」

からかい半分のお麻だ。

「よせやい、そんなんじゃねえやい」

不意を衝かれたように、銀二はみっともないほど慌てている。

「だったら、何なのさ」

「おれが気に喰わねえのは、やつの強引なやり口だよ。何がどうしても叔母さんを籠《お》落《と》そうとやっきになっているやつの態度だよ」

「恋は闇って言うじゃないの。人は恋に落ちると、分別がなくなるんだわ。ただひたむきに、その人だけに迫ってしまう。女は押しの一手に弱いわ。男の強引さを、勘ちがいするのよ。その人が力強く大きい人だ、と思ってしまうの。そんな立派な人が、わたしを思ってくれているって、ね」

「甘っちょろい事言うなよ」

　銀二は鼻息も荒く、憤然となった。

「叔母さんだって女よ。ましてあんなに綺麗な女《ひと》だもの。あのまま本当のご隠居さんにしてしまうなんて、ああ、もったいない」

「人をおちゃらかすと怒るぞ。いいか、福田屋はいずれこの江戸で店を持つ、という野心を持っている。そんなとき、丸屋に手ごろな出戻りがいた。叔母さんだ。歳は五つ上だが、そんな事は問題じゃない。丸屋の身代が狙いなんだ」

「だけど、丸屋には銀ちゃんという確かな跡取りがいるじゃありませんか」

「もしだよ、もし叔母さんと福田屋が夫婦になったとすれば、父さんも手をこまねいてはいられないさ。必ず丸屋の子《し》店を持たせ、福田屋にいっさいをまかせるようになる。そうなればやつの思うつぼさ。自分は資金も出さず、労なく店の主人になれんだからな」

「叔母さんは福田屋をどう思っているのかしら」

そこが肝心だ、とお麻は思う。

「おれは、叔母さんが福田屋の道具に使われるのがたまらないのだ」

「でも、ただ気に入らない、というだけではお父さんも得心しないだろうし、叔母さんも気の毒だわ」

丸屋源一郎は、妹お園が福田屋進八と夫婦になりたいと申し出れば、その意志を尊重するだろう。兄として妹の幸せを望めばこそだ。

「なるほど福田屋は男前だ。商才もありそうだ。だが、それが何だ。あいつは父さんに、まだ独り身だ、と言ったそうだが、信用できんぞ」

「それで、わたしにどうしてもらいたいの?」

「あいつを少し洗ってみてくれないか。お麻ちゃんならその役にぴったりだ」

以前にも同様の依頼をしたものだったが、その話はそれっきりになっていた。

「でもわたし福田屋の顔を知らないのよ」

「宿を聞いているから、今夜誘い出してここに連れて来る。お麻ちゃんはそれとなく見ておいておくれ」

銀二の熱意に、お麻はほだされた。

「ほかでもない、銀ちゃんの頼みだもの、無下《むげ》には断われないわ」

いかにも不本意そうに見せて、内心では騒ぎ出す熱い血を抑えかねているお麻だった。


日が暮れて、英吉が一本目の酒徳利を空ける頃、治助が戻って来た。

いつもの飯台の腰掛けに、どんと音を立てるような座り方をした治助に、

「どうかした？　ずいぶん難しい顔をしているわよ」

お麻が気づかわしげに言った。

「うむ——例のおさいの夜鷹うんぬんの件な、あれがわかったんだ」

「少しは謎がほぐれたってわけね」

「ほぐれたのならいいが、かえってこんがらがっちまった」

「しっかりしてよ、親分」

とんと、お麻に肩を叩かれて、治助はむしろ難しい顔になった。

「じつは差し口（密告）する者があってな、捜査《さぐり》を入れてみたんだ」

「相手は……？」

「神田永井町の仕舞屋《しもたや》造りの家だ。二階家だが、一見はごく普通の家。主人の名は文《ぶん》五郎《ごろう》。じつはこの家が隠し売女屋《ばいじょや》で、おさいは月に数回、ここで客をとっていたのだ

そうだ」

「気の毒なおさいさん。きっと寂しかったにちがいないわ。長い間、無我夢中で働いてきて、気がつけば三十過ぎの姥桜《うばざくら》。ぽつんと一人寝の夜なんか、身のひしげるほど虚《むな》しくもなる。おさいさんは、人恋しさに心も体も飢えていたんだわ」

孤独な女の心情を、お麻は手の平にすくい取るように思いを巡らしていた。

「文五郎の家の女は、みな素人ばかりをとりそろえているようだ。そういう女たちは口も固いから、客も安心して遊べる。客の多くはしかるべきお店の主人や番頭。中にはお武家もいるようだ」

「おさいさんは殺された夜も、その家で客をとったのかしら」

「そうらしいのだが、文五郎は口を割らない。相手の名に関してはなおさらだ」

「で、お父つぁんはどう出なすったの」

「お上《かみ》のご威光を持ち出すしかねえだろう」

わが意を得たり、とお麻は大きく頷いた。

「隠し売女はご法度《はっと》である。それだけでこの家は取り潰せるのだ。その覚悟あっての黙秘なら、おれに文句はねえ、さあ、素直に縄を受けやがれ——と、ここで十手と捕縄をぶん回したんだ」

「首尾はてきめん……？」

「あたりめえだ。文五郎め、見逃してくださるのなら、何なりとお答えいたします、だとよ」

この取り引きは、治助にとって忸怩《じくじ》たるものである。元来、どんな小さな不正でも見逃しにできない性格なのだ。古手川与八郎はその美質を買うからこそ、手先としての治助に期待と信頼を寄せているのであった。

これは法に、与八郎に、己れに対する裏切り行為なのだ。

しかし、その釈明として治助の胸中には、おさいの死が大きくある。

江戸じゅうにはびこる売女屋のたかが一軒の去就と、一人の女の死は同等ではない。文五郎に代わる者はいくらでもいるが、おさいは帰って来ない。

おさいを殺した下手人を挙げてこそ、手先として、人としての意味がある。

――治助の選択と決意だ。

「さっき、かえってこんがらがった、とお言いでしたが――」

英吉には、何が絡まり合うのか、読めないでいる。

「その晩の、おさいの相方を訊いたんだ。それがだな、何と、村田屋さんだというのだ」

腕を組んだ治助は、深い太息をついた。

「えッ、あの村田屋さんなの？」

驚愕したまま、お麻が念を押した。

「そうなのだよ。弱っちゃうだろう。それでもわたしのお役目だ。大伝馬町まで行って、村田屋さんに訊ねたよ」

「何と答えられたの？」

お麻の声に不信感が滲んでいる。

「おさいの事は認めたよ。しかし深入りしていたのではない。たまたまあの晩、おさいが空いていたので――だとさ。そして自分はおさいより先に文五郎の家を出て、大伝馬町へ帰ったそうだ」

「お父つぁんは、村田屋さんの申し立てをどう受け止めた――？」

「嘘はない、と思ったね。ましてやおさいを殺すほどの因縁があるとは考えられないし、それをしたところで、村田屋さんに何の得がある？　大罪を犯す利点はどこにもないと思うね」

「信じたのね」

「まあな、これからも捜査《さぐり》はつづけるが――」

「お麻、お父つぁんに何か見つくろっておいで。空酒《からざけ》は体によくない」

亭主の体を気づかって、お初は女房らしい心配りをした。

板場から、お麻は治助と英吉のところへ戻った。料理は平貝《たいら》の山椒《さんしょう》焼、かまぼこと筍の煮もの、石持《いしもち》のかば焼である。

「英さんも同じものでいいわね」

「むろんだよ、ああ、美味そうだ」

いかにも満足げな英吉から、戸口のほうへ視線をやったお麻は、さりげなく背を向けて顔を隠すようにした。

銀二が一人の男を伴って現われたのだ。連れの男が、福田屋進八のはずだ。その証《あかし》に、銀二は素早い目配せを送ってきた。

「いらっしゃいまし」

店番の文平が銀二と進八のところへ注文を取りに行った。

六

下谷御成街道《したやおなりかいどう》から平永町《ひらなが》代地の横道に入ったところに、旅人宿の旅籠〝丸正《まるしょう》〟がある。

〝丸正〟の出入口が見えるところに、お麻と英吉が張りついている。

時刻は明け六つの鐘が鳴ったばかり。清々《すがすが》しく澄んだ朝の光の中を人々が行き交い、振り売りの声が路地を縫い、活気のある庶民の一日の始《はじ》まりだ。

銀二に、福田屋進八の身状《みじょう》を調べてほしい、と頼まれたお麻は、英吉に協力してくれるよう頼み入れた。むろん英吉に否《いなや》はない。

一日の大半を、お麻は〝子の竹〟の店番と内所の仕事に費やしている。その多忙さで、英吉との逢瀬《おうせ》もままならない。

代わって、英吉と動く捜索めいたこういう行為こそが、〝子の竹〟から解放される希少な、お麻の楽しみなのだ。

相手の動向が予測できないとき、張り込みは忍耐あるのみだ。焦らず、粘りづよく、目標が動き出すのを待つ。

そう腹を括《くく》っていた二人だが、その気持ちがはぐらかされるほどあっさりと〝丸正〟の戸口から進八は姿を現わした。

進八はいつもどおり縞木綿の着物を尻端折りして、風呂敷の肩荷を背に、どこから見ても行商人体である。
五、六間の距離をおいて、二人は進八のあとを追う。
進八は神田川にかかる和泉《いずみ》橋を内神田へと渡った。そこは古着屋の並ぶ柳原《やなぎわら》通りの中間地点になる。正面に旗本屋敷があって、進八はその塀沿いの道に入った。

わき目もふらず、進八は足を急がせている。この道の先には、木綿問屋の建て並ぶ大伝馬町があるので、進八はそこを目指していると推察するのが妥当だ。

ところが、神田堀を渡ったところで、進八は足を止めた。

通りの西側が小伝馬上町。東が亀井町。

進八が目を光らせて伺っているのが、亀井町の跡地である。

お麻と英吉は、お互いの視線をぶつけ合った。

『亀井町の惣左衛門店に住む、おさいという女組紐師が何者かに殺された』

おさいが殺された晩、永井町の隠し売女屋で彼女が敵娼《あいかた》をつとめたのが、村田屋次郎左衛門で、治助は否定しているが、村田屋への嫌疑はまだ払拭《ふっしょく》されていないのが現状なのだ。

惣左衛門店の住人の中には、人殺しがあった長屋には気味悪くて住みたくない、と家移《やうつ》りを申し出た者もいたが、まだ下手人の目星もついていないのだから、引越しはならぬ、と奉行所のお達しであった。

表店の煙草店で訊ねると、やはり木戸の奥は惣左衛門店でまちがいないとわかった。

「銀ちゃんの言うとおり、やはり怪しいね、福田屋は――」

「どうもそのようだな。知り人を訪ねて来たにしては、妙にこそこそしているし、木戸口を見張るようにしているのは、なぜなのか？」

お麻の意見に同意する英吉だった。

「福田屋とおさいの間には、何か曰《いわ》くがあるのかしら」

「組紐卸しの道山屋と木綿問屋の福田屋か。両者の間には、あるようでないような。それとも隠し売女屋のほうのつながりかな」

あっと口の中で呟いた英吉が、お麻の背を押して煙草店に足を踏み入れた。

「…………？」

「進八が動いた」

それで身を隠したのだ。

煙草店の暖簾越しに、お麻と英吉は外の動きに目を光らせる。

進八も道の反対側にある雑貨屋に首を差し入れて、顔を隠している。

木戸口から、女が出て来た。

三十がらみの、渋皮のむけた年増である。

ふくよかな体つき。丸顔で、目頭の切れ込んだ大きな目に、強い光が揺れている。女は旅支度であった。木綿の袷《あわせ》を裾短かに着て、足ごしらえは脚絆《きゃはん》にわらじ。風呂敷包みを肩荷にして、菅笠《すげがさ》をかぶり、どう見ても遠出の格好である。

そして進八は、この女の視線に捉えられるのを、あきらかに避けている。

大通りを南へ向かって歩き出した女に、前方からやって来た中婆《ちゅうばあ》さんが声をかけた。

「おや、おそめさん、あんたどちらへ……？」

「――――」

「ふん、だんまりか、何だいッ」

無視された中婆さんは、皺を寄せた口元をひん曲げて、惣左衛門店の木戸内へと消えて行った。

おそめ……！

その名に、お麻と英吉は同時に気づいた。

確か、殺されたおさいの隣に住んでいる女の名がおそめだった。

何ゆえ、進八はそのおそめの目から逃げたのか。しかし、進八が張り込んでいた目的は、おそめにあるに相違いない。

その証拠に、進八は女のあとを跟《つ》けだした。

お互いに目くばせを投げ合ってから、二人は煙草店を出る。

往来の人出はさかんである。商店で買物をする人々、行商の人々、足を急がせる商人たちの入り乱れる流れに、ともすれば目標を見失いがちになる。

反面、追う人間の面体《めんてい》も人ごみにまぎれるから、尾行はしやすくなる。

亀井町から一丁半ほど行ったところで、おそめは左へ曲がった。その道は浜町堀《はまちようぼり》に突き当たる。

荷足舟《にたりぶね》で賑わう朝の荷揚げも終わり、堀川にかかる緑橋には、客待ちの猪牙舟が何艘ももやっている。

そのうちの一つに、おそめが乗りこんだ。どうやら、大川に出るようだ。

追跡者のいることが露見しないだけの、無難な間隔をそれぞれにあけて、三艘の猪牙が堀川をくだって行く。

大川の三ツ又に出た。行き交う大小の船の間を縫って、おそめを乗せた小舟は、遡上して行く。

抜けるような青空を映した大川の水面《みなも》はおだやかだが、渡る風は春の冷気をはらんでいる。

「おそめさんとやら、いったい、どこへ行くつもりかしら」

お麻の問いに、英吉も首をかしげるばかりだ。

何より、進八とおそめの接点が不明なのだ。二人の間に、どれほどの深い曰《いわ》く因縁があるのか。

問題は、進八がおそめを跟けているという行動の持つ意味合いだ。

仮に、二人の間が男女の関係としても、何らかの不信や疑惑があるからこそ、進八は尾行しているにほかならない。

しかも、前を行く二人からは、それぞれの必迫した剣呑《けんのん》さが伝わってくる。

肩を怒らせたおそめは、腕に力をこめ、舟べりをわし摑んでいる。

片や進八、獲物にとびかからんとする獣《けもの》にも似て、腰を舟中に浮かしている。

大川には十七の船渡しがある。上流寄りの竹町《たけちょう》の渡しの船着場で、本所側へ下《お》りたおそめは、大川端の土手道を上がって行く。

渡し場は大賑わいだ。大小の船がつぎつぎと発着し、渡し小屋の番人は大わらわで人波をさばいている。

船を下りた乗客が、ぞろぞろと土手道を目指し、お麻と英吉が土手道に上がって左右を見廻したとき、すでにおそめの姿を見失っていた。

だが、進八の姿が見えた。

目の前の大名屋敷と町屋の間の道へ、進八のうしろ姿が入って行く。

その彼の視線には、おそめの姿が入っているはずだ。

この四辺《あたり》は、大小の寺と町屋が入《い》り組《く》んでいて、その曲がりくねった道を奥へ進むうち、お麻と英吉の目にも、おそめの姿を捉える事ができた。

そのおそめは、荒川町の寺の門をくぐった。進八もあとに続く。門にかかった扁額《へんがく》には、〝清光寺〟とある。

そう言えば治助の話では、おさいの殺されているのが見つかった日、その母親の命日だ、とおそめは語っている。

妙だ——とお麻は不審に思った。

他人の心の内奥は計り知れないが、あれは今月の四日の事だった。あれからまだ月は替わっていないから、命日であろうはずはない。

もっとも命日でなくとも墓参りはする、と言われれば、そのとおりなのだが。

暖かい春の陽射しがふりそそいでいても、寺域《じいき》という異界の風はひんやりしている。

ほかに墓参の人影はなく、死者の静寂《しじま》がみつみつと占めていた。

七

おそめが歩み進んだのは、墓地の奥端の墓だった。その墓前にぬかずくおそめの手に、供花の一枝もない。閼伽桶《あかおけ》にも目もくれない。

仮に旅立ちを前にしている墓参なら、それなりの手向《たむ》けがあってもしかるべきはずなのに。

進八は？　と見ると、おそめから五間ほど後方の墓石のかげに身をひそめている。

足音をしのばせながらお麻と英吉も、一つの墓のかげに身を隠した。そこからおそめと進八の両方を窺《うかが》い見る事ができる。

おそめは見るからにおざなりな動作で、墓前に手を合わせた。

それは小さな墓だった。板卒塔婆《そとば》ではなく、高さ二尺ほどの、頂が平らな香箧形《こうばこがた》の墓石である。

息を殺して注視する三人の前で、おそめは驚くべき行動に出た。

墓石に両手をかけ、前後にぐらりぐらりと揺すりはじめたのだ。やがて、墓石の倒れるかすかな音が、地を這って来た。

よもや墓あばきを――！

いや、おそめは墓をあばいているのだ。手にした鏝《こて》のようなもので、がむしゃらに土を掻《か》き、穴を穿《うが》こうとしている。表情までは読めないが、おそらく鬼女ほどの形相《ぎょうそう》であろう。

振り上げ、振りおろしていたおそめの腕の動きが止まった。掘り開けた穴の中へ、ぐいと前のめりになり、何かを取り出した。

遠目にも、骨壺だ。

母親の骨と化した遺骸が、そこに納められているだろう。

おそめが骨壺を膝の上に抱え込んだ瞬間だった。進八の全身に力が満ちた。それはさながら、いまにも獲物《えもの》にとびかからんとする猟犬の姿に似ている。

ところが、進八が飛び出す前に、思わぬ方角から怒号が湧き上がった。

「おそめッ、よくもよくもおれを騙しやがったなッ」

旋風のように、おそめの眼前に躍《おど》り出た男がいた。

「あッ、てめえは勘助《かんすけ》ッ」

「おうとも――」

言うなり、勘助という若い男が、おそめの頬桁《ほおげた》を張った。

「何をしやがるッ」

尻もちをつきながらも、おそめは口いっぱいに喚《わめ》く。その両腕は、土まみれの壺に巻きついている。

「それだな、後生大事なのは、その壺だな、さあ、おとなしくこっちへ寄越せッ」

「抜かせッ　死んだって渡すものかッ」

「このあま――」

腕をかぎりに振り回し、当たるを幸い足蹴《あしげ》にし、浅ましい奪い合いの末、弾《はじ》き飛ばされた壺が、近くの墓石に落下し、鈍くも重々しい音を発した。

壺は真っ二つ。

割れ落ちながら、四囲に金色の光彩を撒《ま》き散らす。

燦然《さんぜん》と散り敷いたものは、数百枚になろうという小判であった。

それぞれの、獣の咆哮に似た喚き声にまみれながら、土の上を転がるおそめと勘助は、小判をむさぼりあさっている。

そこへ進八が飛び込んだ。

「やい、ついに見つけたぞッ。もはや逃げられやしねえぞ。二人とも観念するこった」

勇ましい声が辺りにひびいた。

「あッ！　てめえは進八、邪魔だてするなッ」

勘助の手に閃くのは、抜き身の九寸五分《くすんごぶ》。

進八の全身が硬直する。刃向かえる得物《えもの》が何もない。

突きかかって来た刃先を、かろうじて躱《かわ》すのが精いっぱいだ。額に脂汗《あぶらあせ》が浮かぶ。

見かねて、英吉が飛び出した。

進八、おそめ、勘助が三つ巴《どもえ》になった経緯はともあれ、まずは凶刃《きょうじん》をふるう勘助に非道がありそうだ。

武芸にかけては腕に覚えのある英吉だ。丸腰だとて、匕首《あいくち》ごときにひるみやしない。

「待て――」

両腕はだらりと下げているが、腰の据《す》わりようと足運びは、柔術の気合い充分だ。

その英吉の迫力に、勘助はすでにたじたじとなっている。上ずった目を血ばしらせて、弱腰は定まらない。

うぉ――ッ　やみくもの絶叫を上げ突きかかって来るところを、英吉は体《たい》を開いて躱し、同時に、うしろ腕をとり、足を払った。

あっけなくのけぞり倒れた勘助の手に、もう匕首はなかった。

八

おそめと勘助、それと共に進八の詮議は、寺社奉行所から町奉行所へと移行された。

おそめと勘助には、五百両の拐帯《かいたい》に加えて、おさい殺しの嫌疑ありと断じられたのだ。

一方、福田屋進八は、右の事件における生口《いけぐち》（証人）として召喚《しょうかん》されている。

進八の証言

わたしはおそめと勘助とともに、下野《しもつけ》宇《う》都宮《つのみや》の木綿問屋黒江屋《くろえや》にて奉公しておりました。一年前に独り立ちするまででございます。主人の名は卯兵衛《うへえ》ともうし、宇都宮では大手のお店《たな》でございます。

わたしは十一歳で小僧に入り、以降、手代、番頭と進み、二十五年間無事に勤め上げました。

はい、その間、一度も妻帯しておりません。その理由《わけ》はゆとりがなかったからです。

わたしには一日も早く独立したい、という夢がありました。そのためには、商人としての抜群の才覚を身につけなければなりません。毎日が勉強です。修業に追われる日々です。

そのおかげをもちまして、一年前、いただいた年明《ねんあ》けの手当て金を元手に、小店ながら自分の店を持つことができました。

その直後です。

大恩ある黒江屋にとんでもない災難がふりかかりました。内所《ないしょ》の奥座敷つづきにある金蔵から、五百両もの金子《きんす》が消えていたのです。

同時に、おそめと勘助の二人が姿を晦《くら》ましました。二人が諜《しめ》し合わせた犯行であることは明白です。

追手をかけるにも、皆目《かいもく》手がかりがありません。北へ逃げたのか、東へ走ったのか、あるいは西へ駆けたのか、手に手をとった二人の消息は影も形もありません。

それでも何とか黒江屋のお役に立ちたい、とわたしは念じて、江戸へ上がるたび、その道中においても、つい人探しの目つきになっていましたが、二人の消息はなく、おのれの無力をかこつばかりでした。

そんな折、村田屋さんに引き合わせていただいた丸屋さんで、小耳に挟んだ事がございます。それは亀井町の惣左衛門店でおさいという女が殺された、というものです。

そのときは聞き流しておりましたが、あるとき、その出来事について番頭さんの口から〝おそめ〟という名が出たのです。

『おさいの隣に住んでいるおそめという女……』

そのとたん、わたしの胸は激しく脈打ち、膝が音を立てました。さっそく、惣左衛門店に張りついたのです。

人ちがいかもしれないが、という私の懸念は、すぐ晴れました。ついにおそめの姿を発見したのです。そして、羽衣亭で働いている事も突き止めました。

しかし、おそめはすぐ動く、とわたしは確信しました。おそらく隠し置いたであろう金子を持って、江戸を落ちるにちがいない、近日中に――。

そして清光寺の仕儀になりました次第でございます。

おそめの自白

黒江屋から五百両の金を盗みました。はい、勘助と企んだ事です。

あの店に奉公して十年をすぎましたから、主人夫婦の信頼も厚くなり、いつしか金蔵の鍵の有りかを知るようになっていました。

いくら奉公人と主人家族の暮らしが別でも、しょせん一つの屋根の下です。こまごまとした用事で、奥座敷へ入る事さえあります。ですから、自然、金蔵の中で小判がうなっていることも知れます。

ある日、主人たちの目を盗んで、衣装簞笥を開けました。抽出しの一つに細工がしてあるのです。隠し抽出しがあって、そこに金蔵の鍵があるのです。

わたしは持って行った粘土に、鍵の型を押し、その後、合鍵を作らせました。

なぜ、そのような大それたことを仕出かしたか、ですか？

わたしがいただく給金は、年に三両二分です。そのほとんどを親に仕送っています。二十五年の間、働きづめに働いた進八さんへの下され金が百五十両と聞きました。

それなのに、黒江屋の金蔵には、千両箱の山です。

水は低きに流れ、金は高きに流れるそうですが、わたしは自分が莫迦《ばか》らしくなったのです。もう貧乏はたくさんッ。

手代の勘助は、わたしより五つ年下の二十五ですが、わたしたちの仲は三年越しです。こそこそとひそやかな逢引きは、真っ暗な布団部屋や物置です。はじめのうちは、胸がどきどき張り裂けるかと思うほど、興奮し嬉しかったけれど、やがて惨めでやりきれない思いに変わっていきました。

金さえあれば――。

わたしは勘助に計画を打ち明けました。もともと欲心の強い男です。楽して生きたい男です。むろんのように、勘助は話に乗って来ました。

主人家族が、親類の法事で家を空けた隙に、わたしたちはまんまと五百両を盗み出したのです。

二人で上方《かみがた》へ逃げよう、と相談しました。江戸では下野《しもつけ》から近すぎるからです。ですが、わたしは初めから江戸に出るつもりだったのです。

勘助には悪いけど、せっかくの五百両を折半《せっぱん》するつもりは毛ほどもありませんでした。もう二度と会う日はないであろう親に、百両をとどけ、その足で江戸に向かいました。

江戸に着き、惣左衛門店に落ち着きました。さて、四百両などという大金を、長屋においておくなんて物騒もいいところです。そこで清光寺の住持に頼みこみました。亡母の遺骨と形見の少々を埋葬する墓が欲しい。下野では遠いけれど、江戸のお墓ならいつでも参詣できるから、と。そのために、わたし、二十両も払ったのです。

米沢町の羽衣亭に勤め出したのは、女独り、いくら長屋住まいでも、遊び暮らしていたのでは怪しまれるからです。

足元に火が点いたのは、隣のおさいさんが殺されたからです。自分が狙われたわけではないのに、日夜落ち着きません。何かが危険を告げているのです。逃げろ、逃げろとせっつくのです。

こうなれば、墓から壺を掘り出し、一目散《いちもくさん》に江戸を売ろうと思ったわけです。

勘助の自白

おそめは、根っからの性悪女《しょうわる》です。しかし平素はそんなふうに見えません。何を考えているのかわからないようなところがありましたが、何事も慌てず、落ち着いて家事をこなしていました。今になって考えれば、あれは冷静な性分というより、度胸が据わっていて、少々の事では動じないのです。

おのれの口から申すも何ですが、わたしにとっておそめは初めての女でした。手代になれば、遊里に出かける許しも出ます。でもわたしの身も心もおそめに蕩《とろ》けきり、他の女など目に入りませんでした。

ある夜、カビ臭い布団部屋で睦《むつ》み合ったあと、おそめがわたしの耳に囁きました。

『金蔵を開ける算段がついたよ。鍵の有《あ》り処《か》がわかったのさ。わたしがその型を取るから、勘助さんあんたはその道の鍵師を見つけて、合鍵を作らせるんだ。五百両もありゃあ、二人で上方へ落ちのび、小商売でもやって、一生安楽に暮らそうじゃないの』

わたしはあらがわなかった。生きるも死ぬも一蓮托生《いちれんたくしょう》、おそめとなら地獄へ落ちても悔いはない。そうやって、死罪覚悟の大罪を決行しました。

二人連れでは目についていけない。それで宇都宮を逃げ去るときは別々でした。脇街道を使い、信濃《しなの》の塩尻《しおじり》で落ち合う約束でした。金はすべておそめが持っています。

宇都宮を出て三日目に塩尻に着きました。けれど待てど暮らせどおそめはやって来ません。道中でのっぴきならぬ事態にでも見舞われたか、と待って、待って、待って、五日も待ちつづけたのです。

そしてぼつぜんと悟ったのです。

おそめにしてやられた！

呑まされた煮え湯は火となってわたしの胸を灼《や》き、体は震えつづけました。春とはいえ、小雪のちらつく白っちゃけた朝を迎えたとき、荒れ狂っていた怒りと失望と惨めさは、どす黒い憎しみ一色に塗り変えられていました。

わたしの一生はおそめに破壊されました。おそめにさえ出会わなければ、あの女のみだらな誘いに乗らなければ、わたしは黒江屋でまっとうな奉公人として、いずれはいっぱしの商人になれたはずなんです。

まず、わたしは上方《かみがた》へ向かいました。彼《か》の地におそめがいるように思えたからです。京、大坂、堺と探し廻りました。半年たってもいっこうに消息はつかめません。そこで諦めて、江戸へ入ったわけです。

生きるためには、わたしは人足をやりました。車力《しゃりき》や泥溝《どぶ》さらいもやりました。それでもおそめを探し出す執念は、みじんも衰えてはいません。こり固まった怨念は、おそめを殺す事のみを夢見ていたのです。

そしてこの月の四日のことです。

糸のような細い雨が降っていました。両国広小路の屋台で安酒を呑み、腰を上げたのが五つ半（九時）すぎでしょうか。かなり酔っていたので料理屋の板壁によりかかったり、ふらふらしておりました。

するとその羽衣亭という料理屋の勝手口から、女の出て来るのが見えました。まだあちこちの茶屋には灯がありましたから、四囲は闇ではありません。人体《にんてい》は見てとれます。

女は、わたしの前を通りました。が、こちらへは見向きもしません。呑んだくれの人足が、どうせ酔いつぶれている、とでも思ったのでしょう。

しかしながら、わたしはその女の顔をはっきり見ました。胸が高鳴って、心《しん》の臓《ぞう》が口から飛び出しそうでした。

そうです。女はおそめでした。いっときたりとも忘れたことのない、憎いにくいあのおそめを、わたしはとうとう見つけたのです。

むろん、おそめのあとを跟けました。おそめは消えました。長屋木戸にへばりついて窺っていると、棟の木戸近くの戸口へ、おそめは消えました。もっとも長屋のどぶ道は、晴れていても星明りが頼りの薄暗さです。ましてや雨天、おおよその見当をつけるしかありません。

そしておそめが入ったとおぼしき家に、ぽっと灯がついていたのです。寝仕度のためにおそめが明かりを入れたのだ。

——ああ、やはりあそこがおそめの家だ、木戸から三軒目のそれだ、とはっきり見定めました。

あれほどの酔いもすっかりさめていました。わたしは待ちました。長屋じゅうがすっかり寝静まるのを、雨に濡れながら辛抱づよくまちつづけました。春冷えの夜雨に体に震えが走りましたが、もしかすると武者ぶるいだったのかもしれません。

そしておそめの家に忍びこみ、ぐっすり寝こんでいる女の首を、この手で絞めたのです。

ところが、わたしはとんでもないまちがいを仕出かしてしまったのです。

のちに知ったのですが、わたしが殺した女はおそめではなく、隣家のおさい、という女だったのです。

おそらく、おそめは明かりもつけず寝てしまい、おさいさんとやらは、何かの都合で灯をつけたのでしょう。その間合いがあまりにもよすぎたため、わたしは忍び入る家を錯覚してしまったのです。

しばらく、わたしは様子を見ることにしました。長屋にはお役人や目明かしが出入りしていますし、おそめの用心ぶりもあったからです。

その後は、清光寺での一幕です。

おそめを刺し殺すつもりで匕首を忍ばせて行ったのですが、墓から掘り出した壺に、拐帯した小判が入っていると察したとたん、わたしの頭は乱れ狂いました。おそめを亡き者にするという命を賭しての念願はどこへやら、金への欲が衝《つ》き上がり、わたしのいっさいをがんじがらめにしたのです。

まんまと裏切られた恋の意趣返しに、女ともども刺しちがいに死ぬはずが、黄金色の魔物に、またも取り憑かれてしまったのです。


庭桜が、薄紅色の愛らしい小花をそよがせている。軽快に雀がさえずっている。

丸屋のお園の居間である。

「お二人には、銀二がご厄介をおかけしたようね」

そう言ってお園は優雅な会釈をした。

英吉はお園とは初対面である。

「あのような顚末になるとは、思いもしませんでしたよ」

福田屋進八を叔母に近づけさせないために、男の弱点や悪行を楯にしようと、お麻と英吉に素行の洗い出しを依頼した、とはさすがの銀二も口にできなかった。

手ずから茶を淹れ、松花堂の玉露糖の鉢を、お園は二人の客に勧めた。

「福田屋さんの手土産ですよ」

「あの人に会われたのですか？」

いまだに拘泥《こだわ》る銀二だ。

「いいえ、お店のほうへご挨拶に見えたのですよ。宇都宮へ帰られるけど、また来月、上府なさる、というお言《こと》づけでした」

「ふうん、福田屋も芸がないな。持って来るのは砂糖菓子ばかりだ。叔母さんが甘味好みだと思いこんでいるのだろう。女だって、甘い物好きとはかぎらないのに——」

八つ当たり気味に言っておいて、銀二は鉢に手をのばし、つまんだ菓子を口に放りこんだ。

「銀ちゃんたら——」

笑いをこらえたお麻の胸が小きざみに波打った。

「よい陽気ですこと。胸の中までほんのり温かくなります。体もふわふわと軽くなって、ほれ、あの雀のように大空を飛び回れそうな心地さえいたしますわ」

お園は、何か唄うような語調で喋った。

いまのお園の心境が、その言葉に現われているように、お麻には思えた。おそらく青空のどこかに、進八の面影を思い描いているのかもしれない。

お麻と英吉に向けるお園の表情は、清々《すがすが》しく輝いていた。

銀二はまた一つ、菓子を頬ばった。

第四話　めざわりな奴

一

玄関番の十左《じゅうざ》は、びくりと体を硬《こわ》ばらせた。

まだ大戸は閉めていない。鰻〝奈お松〟と大書きした油障子が、がたりと揺らいだのだ。

春深い月のない夜である。

最後の客が引けて、店内の明かりも消されている。

手燭《てじょく》をかかげて、十左は及び腰で障子を引き開けた。とたんに我知らず叫んでいた。

「た、大変だッ、誰か来てくれぇ」

その声を女将の奈おは二階で聞きつけた。

普段から無口で、ついぞ大声など出したことのない老人の、喉もやぶれんばかりの塩辛声だ。

緊迫した十左の声に色めき立って、奈おは階段を駆けおりた。

まだ板場にいた板前の与五郎《よごろう》も飛び出して来た。

奈おと与五郎に、

「こっちです。こっち、こっち――」

十左が腕を振り回している戸口の外に、人が倒れている。油障子がしなったのは、その人物が倒れこんだ際にぶつかったのだろう。

戸口の掛行燈《かけあんどん》の灯も消え、他家の大戸も閉まっている道筋は、ことさらの闇である。

「爺さん、手燭を近づけて――」

与五郎の声が飛んで、倒れている人物の顔を照らし出した。

「こ、これは富貴堂《ふうきどう》さんの……」

そう息を呑んだ与五郎の体を突き飛ばすようにして、奈おがとりすがった。

「悠《ゆう》さん、悠さん、どうなすったの！」

「あっ、頭に怪我してる」

十左の声が震えている。

「医者だッ、早く医者を呼んで来い」

与五郎が叫ぶ。

「まさか、死になすってはいまい」

そう呟《つぶや》く十左を怨めしげに睨んで、

「ともかく、なかに運び入れておくれ」

奈おの指図に、三人が力を合わせて、男の体を店奥の奈おの部屋へ運び入れた。

「十左、石庵先生を呼びに走っておくれ」

「いや、爺さんの足ではまだるっこしくていけねえ。わたしがひとっ走りしてめえります」

言うなり与五郎が飛び出して行った。

「悠さん、しっかりしておくれ」

奈おは男の体をそっと静かに検《しら》べてみた。上体にも四肢《しし》にも異常はなさそうだった。眼に見える傷害は頭だけである。出血は止まっているが、男の意識はない。固く眼を閉じて細い呼吸をしている。

富貴堂というのは、日本橋南槇《まき》町にある唐物商である。悠介《ゆうすけ》はそこの長男で今年三十歳になる。

奈おのほうが二つ年上だが、二人は密々として、なお火傷《やけど》しそうなほど熱い恋仲である。

悠介の父親、つまり富貴堂の当主は忠善《ただよし》という。歳は五十三。時折、客と連れ立って〝奈お松〟にもやって来る。

悠介の着ている紬《つむぎ》の対《つい》は、すっかり泥にまみれている。

顔面にこびりついた血と泥を、ぬらした手拭でそっとぬぐいながら、奈おが悲痛な声を上げる。

「悠さん、悠さん、しっかりして――」

「気を失っているようですな」

脇から十左がのぞきこむ。

「でも息は乱れていないね」

それだけでも少しは安心な材料になる。

「棍棒かなんぞで、がーんとやられたんですかね」

「強盗にでも襲われたのでしょうか」

「女将さん、懐中物はいかがです？」

言われて、奈おは悠介の懐を探った。

「ないわ、何もない。きっと盗られたのよ」

そもそも悠介が訪ねて来るには遅い刻限である。いつもなら、看板になる一刻ほど前に来て、店で鰻を肴に酒を呑むか、奈おの私室で一人くつろぎながら、店が看板になるのを待っているか、なのだ。いずれにせよ、どんな場合でも、印伝革《いんでんがわ》の財布を懐中しているのである。

悠介の容態を心配するあまり、胸の動悸をさする掌で受けていた奈おが、

「あっ！」

と、息を呑んだ。

悠介がパッチリと両目を開いたのだ。その眼球は天井を睨んで、

「なんだ、なんだッ、きさま、目障《めざわ》りなやつだなッ」

口いっぱいに叫んだ。

「悠さん――」

気がつきさえすればしめたもの。常にはしっかり者で通っている奈おも、安堵のあまり涙声になる。

悠介は、ぐるりと目玉を動かして、

「面倒だ、やっちまえッ」

ふたたびそう叫ぶと、重い扉でも落ちるように、悠介のまぶたはいっきに閉じた。

そこへ石庵医師が駆けつけて来た。

悠介は、いかにも深い眠りに落ち入ったかのように、規則正しい寝息を立てている。

脈をとり、頭部の傷の手当をした石庵は、

「頭の傷は刀傷ではないな。何か鈍器か石塊によるものでしょうな。頭蓋骨には異状がないので、安心してよろしいでしょう。ほかにはたいした傷もないので、このまま寝かしておきなさい」

と、診断《みたて》をし、明朝、また参りましょう、と言って帰って行った。

石庵とともに戻って来た与五郎が、

「富貴堂さんはどういたしましょうか。わたしがこれからご主人を迎えに行ってもよろしいのですが」

悠介の両親に報《しら》せるべきか、と奈おの指図をあおいだ。

「石庵先生が心配ない、と折紙をつけてくださったから、明朝、明るくなったら十左に使いを頼みます。だから、与五郎さんはもう引きとってくださいな。お手間をとらせて相済みませんでしたね」

悠介が、奈おのところに夜泊まりすることも少なくない。富貴堂の両親は、万事承知しているのだ。

与五郎が帰り、十左も板場の横の三畳間に引き揚げて行った。

奈おは、悠介の臥床に寄せて、自分の夜具を敷いた。

目をつぶったが睡気はいっこうにやって来ない。眠れぬままに、悠介に降りかかった災難について考えてしまう。

夜の四つ（十時）近くなって、悠介はどこを出歩いていたのだろうか。

月のない闇夜だ。

その真っ暗な市中に、獲物を物色している夜盗が網を張っていてもおかしくはない。その網に、悠介がまんまと絡めとられてしまったのではないか。

いきなり頭に一撃を喰らい、懐を抜かれた。それでも命からがら〝奈お松〟まで辿り着いた。そして戸口まで来て、ばったと気が遠のいて倒れこんだに相違ない。

そこまでは順当な推察かもしれないが、詳細となれば異なる事もあろうし、あるいはまったくの見当はずれの推論という事もある。

それにしても、悠介の口から発せられた乱暴な言葉は、日頃の悠介らしくない。何の脈絡もなく、下卑《げび》た言い方、正気なら決して口にしないはずなのだ。

まったく謎めいている。

目晦《めくら》ましのようなだる重い睡気がようやくやって来て、つぎにはっと目醒めると、板戸の隙間から糸のような一条の光が射しこんでいた。

悠介はまだ目醒めていない。昏々《こんこん》と眠っている。

十左を南槙町まで走らせると、富貴堂忠善と妻のお香《こう》が駆けつけて来た。

二

唐物商というのは、高度な観察眼を要する。

扱う商品も、墨、硯、虎毛の筆、上質の薄葉《うすよう》の紙、陶磁器、掛物、織物から雑貨と多岐にわたる。それらの舶来品の真贋《しんがん》はもとより、質の良し悪しをぬかりなく見極めることこそが肝要。

忠善は沈着冷静な男である。それでも内心の動揺が落ち着かぬ目の色に出ている。

悠介の枕元に端座して、跡取り息子の顔色を注意深くみつめながら、奈おの口から出る、医師石庵の診断結果に耳を傾けている。

「命に別状なしという話だが、悠介はなぜまだ目を醒まさないのか。昨夜の四つからすでに四刻半も経《た》つというのに、一度も目を開けぬというのは、どういう訳だろうか」

「若い人なら丸半日眠る場合もありましょう」

忠善の不審は、奈おも同様なのだが、無理にも自分を納得させているのだ。

「悠介、悠介――」

母親のお香が、息子の肩にすがりつきつつ、その耳許《みみもと》で名を呼びつづけている。

「昨夜、悠介さんはどちらにお出かけになられました？」

まず第一の疑問を、奈おは口にした。

「得意先へのご挨拶がてら、三軒ばかり廻ったはずです」

「よろしかったらお聞かせください」

「すべてお武家さまでです。昨今はどちらさまのご内証もお苦しいようで、お買い求めいただいても……その、何でございますな」

掛取りもままならぬ、という事だ。

「お宅を出られたのは何刻《なんどき》ですの？」

「そうですね、そろそろ七つ（四時）になろうかという刻限でした。お訪ねするのはご三方様のお屋敷のある築地《つきじ》でございます」

「その七つから、こちらに辿り着く四つまで、ずいぶん時刻が経っていますね」

「悠介は手土産持参でして、ご当主にはお目にかかれなくとも、勘定方のお役目のお方や用人さまとは世間話をいたしたり、先さまのご都合を伺ったりしますので、多少の刻限がかかります」

つまり三家の屋敷を廻るには、一刻ほどを要する、という話であった。

富貴堂のあるのは南槇町で、築地はそこから南東方向になる。しかも、富貴堂のほうが雲母《うんも》橋通りにある〝奈お松〟よりずっと近い。

それなのに、悠介は自分の家へ向かわずに、奈おのところへ逃げこんで来ている。

しかし、頭部に傷を負った悠介の判断欠如で、無意識のうちに奈おのところを選んだとも考えられる。

「悠介さんはいつも印伝革の紙入れを持っていましたが、それが失《な》くなっています」

「盗られましたか」

「どのくらいの金子をお持ちだったのでしょうか」

「せいぜい一両か二両です」

「たとえ一両でも悪者なら人を殺しかねません」

黙って二人のやりとりを聞いていたお香が、怖《こわ》そうに細い肩を震わせた。

そこへ石庵がやって来た。

頭の傷の手当をし、胸部に耳をつけて心の臓の音をたしかめたり、四肢の反応を見たりした末、

「体には支障はなさそうだから、もう少し様子を見ましょう。ただ、多少気になるのは、頭部に受けた打撃によって、どういう影響があるか、という事です」

首をかしげた石庵にも判じかねる様子であった。

「家に連れて帰りたいのですが」

お香が恐る恐る言い出した。

「親ごさんの気持ちとしてはごもっともですが、まだ動かさないほうがよろしい」

石庵は慎重に答えた。

「どうぞご安心なすって、悠介さんをお預けください。わたしがつきっきりでお世話いたします」

奈おに両手をつかれて、富貴堂夫妻は不決断に頷いた。

石庵が帰り、忠善とお香もとりあえず引きとったあと、お麻と治助がすっ飛んで来た。

「いったいどうしたって言うのよ」

心配のあまり、お麻の言葉づかいは八つ当たり気味だ。

「富貴堂の若旦那が襲われたとあっちゃ、おれとしても黙っちゃいられねえ」

じっさいに治助は腕まくりした。

「十左さんの話じゃ、悠さんまだ気がつかないんだって——？」

奈おは自分の知りうる限りの一部始終を語った。

「なるほど、石庵先生は江戸一番の名医だが、悪く考えりゃあ、若旦那が元どおりに治るとはかぎらねえ、いずれにしても、その太え悪党はきっとこのおれがお縄にしてみせる」

息まいて、治助が飛び出して行った。早速《さっそく》下っ引の伝吉の尻を叩いて、築地方面の探索に打ち込むのだろう。

「奈おさん、悠さんがそんな様子じゃ、おちおち商いにも身が入らないでしょ。わたしなら、店番の手伝いくらいできるわよ」

お麻は奈おの苦境を察して助け舟を出した。

「店番は足りているけど、大切なお客人には、わたしが挨拶に出ないとね」

〝奈お松〟の人気は玉川産の上質な鰻にあるけれど、女将の美貌も人気の一つである。

奈おは出戻りの三十二歳。しかし実家が下谷通新町の松島屋《まつしまや》という大手の植木商であり、子供の頃から金銭の苦労を知らずに育っている。そのせいか、出戻りという負《おい》目《め》も感じず、世帯臭さとも無縁で、むしろ女盛りの艶めきに輝いている。

お麻は、奈おの笑顔がたまらなく好きだった。

五月晴《さつきば》れのようなカラリとした笑顔。

童女めいたあどけない笑み。

気合を入れるときの勇ましい笑顔。

ときに色めいて婀娜《あだ》な微笑。

少しかすれた奈おの声は、聞く人の耳に心地よく、奈おがそこにいるだけで、周囲が明るくなる。

目も鼻も口ものびやかな配置で、たっぷりとした黒髪の富士額《ふじびたい》が、面立《おもだ》ちをきりっと引きしめている。

「ありがたいわ。でもお麻さんだってお店が忙しいじゃありませんか」

「おっ母さんが、手伝っておやり、と言って出してくれたのよ」

「まあ、小母《おば》さんが……」

胸をつまらせて、奈おの言葉はつづかない。

「ね、だから遠慮しないで――」

「ええ、でも大丈夫。これしきの事で気持ちが折れるようじゃ、天下の日本橋でお店を張れないわ。江戸っ子の意地にかけてもね」

さすがである。奈おはくじけそうになる自分の気持ちに、鞭《むち》打つようにして背筋を立てた。

悠介の寝顔を見守っている二人の耳に、引き戸の向こうから声がかかった。

「ごめんくださいまし、英吉です」

お麻が出て行って、板戸を開けた。

「いま聞いたんだ、富貴堂の若旦那の災難を——」

おそらく〝子の竹〟に立ち寄って、お初から聞かされたのだろう。

「せっかくのお見舞いだけど、悠さんまだ目を醒まさないのよ」

「もう六刻（十二時間）にもなるそうじゃないか」

英吉は首を伸ばして、臥床《がしょう》した悠介を見た。

「しかも、寝返りも打たないそうよ」

「そりゃ普通じゃない」

「でも石庵先生は、まず大丈夫だろう、とおっしゃって太鼓判を捺したそうよ」

「医術というものを信用しないわけじゃないが、たいていは、本人の生きて行く力頼みではないのかな」

「悠さんにはその力があるわ。まだ若いんだし――それより英さん、こんな時刻に姿を見せるなんて珍しいのね」

「うん、近くまで来たついでだよ。朝飯抜きだから、少し早めの昼をいただいていこうと思ってね」

「それなら、私も一緒に戻るわ。奈おさん、用があったらいつでも言って来てね」

板場のほうから、鰻のタレを煮るいい匂いが漂って来た。

三

悠介は昏々と眠りつづけ、三日目の朝になって、ふっと目を開けた。そばで見守っていた奈おは、

「あ、悠さん、気がついたのね。よかった――」

と、喜びの声を上げた。

上体を起こした悠介の表情は、怯懦《きょうだ》そのものだった。不思議そうに周囲を見廻し、怯《おび》え狼狽《うろた》え、恐れ、自失している。

あたかも、この世の空気に初めて触れた赤子の無心さにも似ている。

「あ、あの……」

声が出た。

その自分の声に仰天したように、悠介はこぶしを握りしめて、

「ここはどちらのお住まいでしょうか？」

言葉を喘《あえ》がせた。

「ゆ、悠さん！」

呆然と奈おは口を開けた。

「わたしは、どうしてここに居るのですか。そして、あなたさまはどういうお方なのでしょうか？」

「やめて……」

「教えてください。わたしが誰なのか、どうぞ教えてください」

悠介は泣き出しそうに顔を歪《ゆが》めた。

「ほんとうに何もわからないの？」

「はい――」

いつもなら黒目がちの眸《ひとみ》に力があり、きりっと引きしまった意思的な顔立ちなのだが、その顔から表情が失われている。

「あなたは頭に怪我をなさっています。そのせいで物事を忘れてしまっているのだと思われます。でもどうぞ安心なさってください。ここはあなたのよく知っている家です。心配なさらずに養生なすってください」

必死の力で、奈おは自分の動揺を抑えて言った。

それから十左を呼んだ。

「おまえは富貴堂さんへ走るのです。そして若旦那が目を覚まされたと伝えるのです。それから、誰でもいい、石庵先生を呼びに行かせなさい」


忠善とお香が駆けつけて来た。

居室へ案内する前に、奈おは悠介の容態を話しておいた。

「悠さん、何も憶えていないんです」

二人の顔を見て、これまで気丈にふるまっていた奈おの気持がくずれそうになった。

「まさか……」

お香の言葉尻が震えた。

「ですから、そのおつもりで会ってください」

それより早く、忠善が板戸をがらりと開けて叫んだ。

「悠介、おい、大丈夫か！」

臥床の上に端坐《たんざ》した悠介は、傍目《はため》にもわかるほど脳乱している。

「あなたがたは、どちらさまで……？」

息子の手をとらんばかりににじり寄ったお香が、

「まあ、悠介ったら、あなた悪ふざけはなりません」

悲鳴に近い声を上げた。

「どうやら、わたしの名は悠介というようだが、どうもピンと参りません」

ああッ、とお香がのけぞる。

「おまえ、何を言ってるんだッ」

忠善も悲痛な声になる。

悠介は両腕で頭を抱えこんだ。その口から意味不明の呻《うめ》きがほとばしる。

「あなた、どうしましょう！」

悲鳴を発するお香を、

「落ち着け、おちつけ！」

叱りつつも、狼狽《うろた》えぶりは互角の忠善だった。

「ごめん」

石庵医師だ。

奈おと忠善とお香が、同時に叫んだ。

「先生――ッ」

この三人のうちでかろうじて冷静になれたのが、奈おだった。

「どうか悠介さんを元どおりにしてください。忘れたものを取り戻してやってくださ
い」

石庵が患者に問う。

「あなたの名は――？」

「わかりません。でも、みなさんが悠介だと――」

力なく首を振る悠介。

「住まい所は――？」

「わかりません」

「ここにいる人たちを知っていますか？」

自分を取り巻き、固唾《かたず》を呑んでいる者たちの顔に、咬《か》みつかんばかりの目を送って
いた悠介だったが、がっくりと肩を落とし、呆然とした声を出した。

「わからないのです」

このあと、石庵はいくつもの質問を出したのだが、悠介はその一つとして答える事ができなかった。

つまり記憶喪失である。

「頭や体に傷を負った衝撃や、心の動きの異変がきっかけで、こうした症状が出る事がある」

石庵は、戸の外に控えている供の少年から、携《たずさ》えて来た薬籠《やくろう》を受けとった。その薬籠の抽《ひ》き出しには、百余種の漢方薬が入っている。石庵はその中からアマドコロ、セキショウ、ナルコユリの三種を調合し、薬包を作った。

「これは気力の衰えや物忘れに効く薬です。日に三度、食事のあとに服《の》ませてください」

素早く手を差し伸べた奈おが、押しいただく。

「頭の傷はふさがっているし、ほかに案配の悪いところはなさそうだから、いつもどおりに立ち動いてもかまいません。ただし当分は一人で他出させないほうがいい。必ず誰か同行したほうがよろしいでしょう」

体はしゃっきりしていても、物事すべてを忘却してしまっているのでは、かえって始末が悪い。力にまかせて外出《そとで》をしても、帰り路が分からなくなってしまう危惧さえある。

「この上女将さんに迷惑はかけられません。悠介は連れて帰ります」

忠善の申し出に、悠介はさっと怯えた顔色になった。いまは絶望的な孤独感と、己れさえもわからぬ恐怖心に、悠介の心は苛《さいな》まれていることだろう。

「わたしたちがおまえの両親《ふたおや》なんだよ」

と言われても、息子は途方にくれるばかりだ。見も知らぬ亡霊に出喰わしたに等しく、その棲家には世にも恐ろしい何かが待ち受けているかもしれないのだ。

「いいえ、若旦那のことはわたしにお世話させてください。人手はあまるほどありますから、店のほうは何とでもなります」

富貴堂のほうでも、若い二人の仲は認めている。それに負傷した悠介が助けを求めたのは両親の家ではなく、奈おのところだ。

そんな息子の意を汲《く》めば、

「どうする？」

夫妻は目を見交わすことになる。

「悠介さん、どうぞこちらで養生なすってくださいな」

いいですね、と奈おに微笑みかけられ、悠介は反射的にこくんと頷いた。

この美しい女性《にょしょう》が何者かはわからなくとも、この家の、この臥床で目醒めた男にとって、とりあえず安心できそうな場所、という判断なのだろう。

四

築地は武家地である。四方が堀に囲まれ、約五十家の大名旗本の屋敷があり、東に西本願寺御門跡《にしほんがんじごもんぜき》を戴《いただ》く地割である。

伝吉を連れた治助が、まずこの築地に足を踏み入れたのは、悠介がこの地を訪れているからである。

そして、何者かに襲われた。

まずその辺りを調べる必要を感じたからなのだが、むろん武家屋敷には町方は手をつけられない。門番士にすら門前払いなのは、訪《おとの》う前からわかりきっている。

武家屋敷の辻々には、辻番所がある。町屋とちがって、武家地の道筋には、昼日中なのに人通りがきわめて少ない。それだけ手持ち無沙汰である。

その辻番所に、治助は当たってみる事にした。

「三月五日の夕刻から夜にかけて、何か異変はなかったか？」

見るからに町方役人の手先とわかる治助の風体に、どの辻番の者からもろくな返答は返ってこなかった。

それでも一ノ橋近くの辻番の老人が、

「二ノ橋のほうで何やら高声がしたような気がするが、もう暗くなっていたので、道の先は見通せなかったね」

頼りないのも当然だ。武家地の夜は、月がなければ深い闇が支配している。辻番所の乏しい灯《あか》りは、まるで螢火《ほたるび》と変わらないのだ。

思いきりよく諦めて、治助は次の探り出しにかかった。

築地を中心にして、鉄砲洲《てっぽうず》や南 京橋《みなみきょうばし》、南八丁堀などの町屋がある。伝吉と手分けして、片っ端から質屋を当たるのだ。

「ここ四、五日の間に、印伝革の財布を質入れした者はいないか」

……を調べるのである。

江戸市中に質屋は多い。特に貧乏人にとってはなくてはならない商いなのだ。その質屋には鍋釜布団にかぎらず、何でも入れて、その日の生活を支える事になるのだ。それだけ需要が多いため、市中には三千数百軒の質屋があるという。

ただし、質屋は、置主と証人の両判を必要とする。盗品や出所の知れない品などが持ちこまれたときの用心だ。

　幸運だった。

　悠介の足どりを推定すれば、財布を盗《と》られたのは、築地周辺だろうから、と調べはじめた地域のうち、京橋を南に行った新橋近くの里見屋《さとみや》という質屋から、印伝革の財布が見つかった。

　質入れしたのは、南小田原町に住むたけという四十女である。

　本人は死んだ父親の形見だ、と申し立てたそうである。

　すかさず、治助はその財布を預り、南小田原町へ駆けた。

　ところが南小田原町の裏店に、たけなる女は住んでいなかった。証人となった差配も、別人であった。

　現差配は、

「半年ほど前まで、たけという女は住んでいましたよ。たしか鉄砲洲の酒場の酌婦をしていた女です。いまは行方知らずですな」

　と証言した。

　こうなると、悠介が夜盗に襲われた、とする意見は、少なからず様相がちがってくる。女の仕業にしては荒っぽいし、大胆すぎる。もっとも差配に化けていた男と共謀ならそのたぐいではないだろうが。

南槇町にある富貴堂の店表は、八代洲《やよす》河岸に面している。

唐物舶載品などというものは、庶民にはとんと縁のない世界に属している。

少々の小遣いやへそくりで買える代物《しろもの》などないのだから、それなりに客が少ないのも当然であろう。

店内の空気もいやにいかめしい。伝吉はいかにも気後《きおく》れしたように、二の足を踏んで店内に入って来ない。そこで、戸口の外で見張りをという恰好《かっこう》になった。

「これは親分さんですか」

直接、主人の忠善が治助を出迎えた。店は番頭と手代にまかせて、

「どうぞ、奥へ……」

と、忠善が治助を内所の座敷へ案内した。その座敷から、奥庭の土蔵が二戸前並んでいるのが見てとれる。

まだ五十を出たばかりの忠善だが、老成した感じを受けるのは、仕種《しぐさ》に品があって、感情の動きを抑制したようなところがあるせいだ。そういえば、悠介も父親に似て、よく澄《す》んだ考え深そうな眼差しをしているのだが——。

お香が茶を運んで来て、そのまま敷居ぎわへあとじさって腰を据えた。

二人の視線が治助に注がれている。治助が用向きを切り出すのを、待っているのだ。

「これですがね――」

治助は、懐から印伝革の財布を取り出した。

「あッ、それは――」

「悠介さんがあのような場合ですので、ご両親に確かめてもらおう、と思いましてね」

「はい、まちがいなく、それは悠介のものでございます」

「さようでございます」

お香も言葉を重ねた。

「質入れされていたのですが、むろん中身を抜き取ってからでしょう。ただし、それをしてのけた人間は、住まいなどを偽《いつわ》っていて、行く方知らずです」

「わたしどもとしては、悠介が元どおりに回復さえしてくれれば、もうそれだけでよろしいのです」

富貴堂にとって、一両や二両の金高《きんだか》は物の数ではないのだろうし、息子を思う親心は、治助にも痛いほどわかる。

その治助は、一つの仮説を立てていた。

財布の中身を抜き取り、さらに財布を質入れしたたけと差配を名乗る男の罪は、見すごしにはできない。

が、その二人が悠介を襲ったのでなく、悠介が財布を落とした、という事も考えられる。それを二人が拾った。

拾ったものでも届け出なければならないのだが、中の金子《きんす》を見れば欲心が出てもおかしくない。

ただし、身許を詐称したのは、罪の上ぬりである。

――だが、やはり疑問は残る。悠介の負った怪我だ。なぜあの傷は発生したのか。

ともあれ、

「いちおうこれを悠介さんに見せましょう。この財布がきっかけで、何か憶い出すかもしれませんから」

治助の提案に、忠善とお香は祈るような目の色になっていた。

五

「十左、若旦那のお供をしてもらいたいのだけど――」

「ようがすとも」

戸口の障子の桟を空《から》ぶきしていた十左が、伸ばした腰をとんとん叩きながら、歯を見せずに笑った。

供というのは、悠介の外歩きの付き添いである。

悠介の頭部の傷は、思ったより浅く、床《とこ》についていたのは一日だけだった。そうなると、店の裏手になる奈おの私室にだけこもってはいられない。しきりに外の様子が気になる様子を見せるのだが、思いきって一歩を踏み出す決心がつきかねているようだ。

無理もない。夜ともなれば、〝奈お松〟のいっそうの繁昌の気配や、どこからともなく風に乗った弦歌《げんか》のさんざめきが忍び入って来るのだ。

そんなとき、自分を襲う孤独感や苛立《いらだ》ちに、悠介は無性にさいなまれてしまう。

ただし、石庵医師の注意がある。

――一人歩きはいけません。

悠介自身も二の足を踏む。あらゆる記憶を失《な》くした身で、町へ出ていく自信がない。可能なかぎり奈おが連れ添うのだが、毎度というわけにはいかないのが女将《おかみ》稼業である。

「若旦那はまだ本調子ではないから、気をつけてやっておくれ」

「へえ、心得ておりやすが、あっしでよろしゅうございますかね」

　十左は意味ありげな含み笑いをした。

「何だね、妙な笑い方をして、厭な十左」

「いえね、お供なら、あっしより女将さんのほうが、若旦那は喜ばれましょうよ」

「わたしが一緒できないから、おまえに頼んでいるんじゃないか」

「あっしのお供だと、若旦那はじき戻りたがりますよ」

　確かに帰りが早い。

「お気の毒だと思いますが。若旦那はあっしに何度もお訊ねになります」

「何を――?」

「女将さんについて、にきまっててまさあ。ご亭主はいるのか？　子はどうか？　いい人がいるのか？　ってしつこいくらいです」

　ふいに込み上げてきたやるせなさに、

「可哀想に、みんな忘れてしまったんだものね」

　奈おは自分の言葉に涙ぐんだ。

「それでも、ほのじなんですよ」

「ああ、わたしと悠さんは昨日今日の仲じゃないのに……」

「そうじゃねえんですよ。いまの若旦那にとっては、女将さんの部屋で気がついたときが、初の対面になるんじゃねえですか。そんでひと目惚れ――」

十左に言われるまでもなく、奈おも気づいていた。

自分に向けられる悠介のあの視線は、三年前、悠介が初めて〝奈お松〟に鰻を食べに来て、初対面だった奈おに会ったとき、魅せられたように凝視《みつめ》たあの目の色と同じなのだ。

あのときの甘やかでいて熱い目の色が、悠介との恋の始まりだった。

あの頃の胸のときめきは、いまでも忘れていない。男への愛しさは鮮やかに脈打って、全身の血を沸き立たせているのだ。

もし悠介の記憶が戻らなくても、ありのままの男を受け入れよう。ふたたびの新しい恋に、全身全霊で落ちるとしよう。

治助が悠介を訪ねて来た。

「富貴堂さんへ寄ってきたところです」

その名を聞くたび、悠介の表情が苦しげに歪《ゆが》んだ。

お香は毎日立ち寄っては、変わらぬ息子の様子に眉《まゆ》をくもらせて悄然《しょうぜん》として帰路につく日々なのだ。

「両親には、胸を掻《か》きむしりたいほどの申し訳なさでいっぱいでございます。しかし、いかに父母と言われても、わたしの気持ちがぴったりと合わないのです」

と、悠介は俯いた。

「やはりピンときませんか。じゃあ、これも無理かな」

そう落胆しつつ、治助は懐から印伝革の財布を出して見せた。

「これは若旦那の財布だと思うのだが、見憶えはありませんか」

悠介は手に取ってしげしげと検《あらた》めてから、

「さあ、そのような気もしますが、確かなところはわかりません」

と、途方にくれたように答えた。

「これを若旦那はどこかで落としたか、運悪く凶漢にでも出喰《でく》わして、暴行の上に強奪された、と考えられるんですがね。憶えていませんか」

「面目ありません」

口惜しそうに、悠介はぎっと唇を噛んだ。

「南小田原町のたけという女を知りませんか」

「存じませんが」

たけと悠介の間に直《じか》のつながりはなさそうだ。

すべてを忘却の彼方《かなた》へ置き去りにして来た悠介からは、何一つ得るものがなく、治助は〝奈お松〟を出た。

晩春の衰えた日射しが、早くも道の上に灰色の影を落としている。

「おい、飯を喰って行け」

治助の声に、伝吉が嬉しそうに頷いた。

〝子の竹〟は指呼《しこ》の近さだ。

店内に入ると英吉の姿があった。

伝吉が板場に走りこみ、治助は英吉の隣に腰をおろした。

「ずいぶんと早えお出ましだな」

「商いがうまくゆきましてね。早めに上がって、湯も済ませて参りました。親分さんは――?」

「うむ、若旦那の埒《らち》がまだ明かねえんだ。となりゃ地道に行くしかねえな」

治助は、財布の一件をかいつまんで話した。いつの間にか、お麻が背後で聞き耳を立てている。そのよく光る目に好奇心があふれている。

「たけというその女、捕まるでしょうか」

「難しそうだが、そいつを追うしか道がなさそうだ」

「さて、お父つぁん、何にいたしますか」

わざとらしくお麻が注文を訊く。

「英さんのそれは何だい？」

「烏賊《いか》の糸づくりに叩き納豆の辛子《からし》醤油漬け」

「ややこしいもんだな」

「いけますよ」

「じゃ、おれもそれにしよう」

「お麻、もうちょっと腹にたまるものを見つくろっておやり。それだけじゃ、酒ばかりすすんでしまう」

帳場からお初の声がかかった。男二人の体を心配している。


江戸の町は眠りについている。

奈おは自室に戻った。

悠介はまだ起きていた。臥床の上に端座して、思いつめたように奈おを見た。

「先に寝《やす》んでいてくれていいのに――」

「奈おさん……」

のどにからんだ声がわなないている。

奈おは立てた膝で思わずにじり寄った。

「悠さん……」

紅《あか》く上気した頬を、男の頬にすり寄せる。

悠介は、わなわな全身を震わせて、奈おの体を引き寄せた。

「うれし……」

奈おも震えている。これまで数えきれないほど馴染んだ肌なのに、まったくの新しい恋を得たように、喜びと羞恥《しゅうち》に肌が汗ばんでいる。

悠介はその背をまさぐり、強くつよく抱きしめた。

六

「またのお越しを――」

威勢のいいてつの声が客を送り出す。

その戸口に、奈おがひょいと顔を見せた。目の合ったお麻を手招いている。

「おや、何用かしら」

戸口に出てみると、奈おのうしろ背に張り付くようにして悠介がいる。

以前は、黒目がちの眸に力があり、きりっと男らしい表情だった悠介だが、今は気弱げに目を伏せている。

「じつは、悠さんが富貴堂へ行く、と言い出したのよ」

「まあ、それはよかった。思い出したのかしら？」

「残念ながら、そうじゃないのだけれど、勇気を奮い立てたのね」

「奈おさんに甘えて、じっとしていても何も変わりません。思い出すという自信はありませんが、動いてみようと思うのです」

言葉をつかえさせながらも、悠介は語った。

「でも一人では行かせられないし、行けないかもしれない。だけどわたしがついて行ってやれないのよ。仕入れ元との商談があって、それはわたしでなくてはならないし、十佐も手が空《あ》かない」

奈おの困惑顔に、

「わかったわよ、私がその役目をしてあげればいいのね」

打てば響く二人の女の間柄だ。

南槙町の富貴堂は、八代洲河岸に面している。

浮世小路から日本橋を南へ渡り、蔵屋敷に沿って外堀通りに出る。その通りが八代洲河岸と呼ばれていて、日本橋南一帯は碁盤の目のように整然とした町割りになっている。

途中、悠介は何物も見落とすまい、とするように絶えず目を動かしながら歩いた。

富貴堂の戸を入ると、店番の男が目を丸くして飛び上がった。

「わ、若旦那、ようお帰りで——」

その大声が奥まで届いたとみえ、忠善とお香が走り出てきた。

「まあ、悠介、よく戻ってきておくれだ」

前触れもない息子の帰宅に、お香は涙声をほとばしらせた。

「とにかく上がっておくれ」

喜びのあまりか、忠善もあたふたしている。

奥座敷に招き入れられても、悠介は口をつぐんだままだった。

——父さん、母さん。

という言葉は、胸につかえたままらしい。

「悠さん、あなたのご両親ですよ。遠慮なさらずお話しなさったら——」

お麻のとりなしで、悠介は思いきったように口を開いた。

「あの日、私はどのような用向きで、築地という場所へ参ったのでしょうか」

「お旗本の青山《あおやま》さま、前田《まえだ》さま、津田《つだ》さまのお三方のお屋敷へ、ご挨拶がてらお買上げ品の長引いているお支払をお願いに参ったのです」

忠善は悠介の顔を伺いつつ、説明した。

案の定、

「さようでございましたか。情けないのですがとんと覚えておりません」

一抹《いちまつ》の期待が落胆に変わって、忠善は頰をひくつかせた。

「お麻さん、無理な頼みとは思いますが、築地へお連れ願えませんか」

悠介がお麻に頭を下げた。

「わたしが行こう」

忠善が膝を乗り出した。

「わたしはいっこうにかまいませんが——」

お麻にとっても、築地へ行った悠介の様子を知りたい。どのように反応を示すか。

何かのきっかけで忘れていたものが蘇《よみがえ》るのか。

「お前がぶらりと行ったとて、どのお屋敷も入れてはくれまい。なにせ、いまのおまえに辻褄《つじつま》の合う話などできないだろうからな。だが、わたしが同道すれば、お屋敷の門はくぐれる」

「いいえ、わたしがどうして記憶を失うはめになったか、それを知るために、当日のわたしの歩いた道筋を辿ってみようと思います。ですから、そちらにご足労をかけるまでもないと思っています」

父親であるはずの人と歩くのは、気づまりなのであろう。悠介にとってお麻のほうが気を楽にしていられる、という事らしい。

「そうまで言うのなら、お麻さんにお願いするとしよう。まず訪《おとの》うた順番は、青山さま、前田さま、津田さまの順になるはずです」

そう言うと、忠善はそれぞれの屋敷の在所を詳しく伝えた。

木挽《こびき》町四丁目から、築地方向へ向かうと、右手に采女ヶ原《うねめがはら》がある。この広場には貸馬で乗れる馬場があり、別の一画には、見世物小屋や遊芸を披露する小屋掛けが並んでいる。日中から、それらを目当てにするかなりの人出で賑わっている。

築地への一の橋を渡る。目の前はすべて武家屋敷で、采女ヶ原の喧騒とは対象的に静かで堅苦しい空気になる。

お麻が悠介を先導する。忠善に聞いたとおりに道を進む。

まず辻番があって、その先が青山家、六百石取りのお目見《めみ》えで、閉まった長屋門の横が脇門で、門番士の姿が見える。

瞬時、立ち止まって長屋門などを見廻していた悠介だったが、すぐに歩き出した。

次が前田家。

ぐるりと廻って津田家である。

ずいぶん神経を尖《とが》らせていたらしい悠介だったが、その表情に何ら変化は現われなかった。

津田家をすぎて右へ曲がったところに二の橋がある。

橋は渡らず、直進しかけたとき、悠介の足がつい、と止まった。

「何か……?」

問いかけるお麻に、悠介は力なく首を振った。

さらに進んで一の橋に戻る。

橋を渡れば采女ヶ原に戻って来た事になる。

往《い》きは何気なく通りすぎた場所なのだが、悠介は広場の入り口で足を止め、何事か思案するふうだった。

しかし、その面上には失望の色がありありとしてあった。

七

悠介は二階の窓框《まどかまち》に腰をかけて、道を行く人の流れを見下ろしていた。

〝奈お松〟の二階の道に面した座敷の一つを、悠介は昼の間だけ占領している。せめて世間の風や人々の動きを肌で感じさせてやりたい、という奈おの配慮である。

じっさい、花曇りの空ながら、暖かい陽射しを受けた肌はうっすらと汗ばんで、それは自分の生を感じさせるし、耳目《じもく》に入る町の活気にも励まされるのだ。

己れの存在を実感できない不安や焦燥から、ほんのわずかでも救われるような思いになれる。

うしろに人の気配がして、

「お出かけになるのなら、わたしがお供しますわ」

奈おだった。

柔らかい笑みを浮かべたその奈おの表情が固くなった。振り向いた悠介を見て、どきっとしたのだ。悠介の眸が異様な動きをしている。切れ長の目に、ちらちらと細かな震顫《しんせん》が認められる。

「ご気分は、いかが？」

　さっと血の気が引いた顔色に、病状の悪化かもしれない、と奈おはこわごわ訊いてみた。

「うん……ちょっと頭がぼうっとしている」

「風邪かしら、夕べは春寒だったから」

　青白くそそけている顔面から見て、熱はなさそうである。

　遠い目をしていた悠介が、

「あッ！」

　と叫んで立ち上がった。長身を泳がせるように座敷を走り出て、階段へ向かう。

「ま、待って、悠さんッ」

　階段に一歩足をおろした悠介に追いついた奈おの手が、男のうしろ帯をつかもうとした瞬間、めまいでも起こしたのか、悠介の上体がふらつき、そのままもんどり打った。

　家鳴《やなり》振動が耳をつんざき、建物をゆるがせながら、悠介の体が転げ落ちていった。

階段を飛びおりるようにして、奈おは倒れている悠介の頭を膝の上にかいこんだ。

「悠さん、悠さんッ　ああ、どうしょうッ」

与五郎や十左やほかの使用人たちがどっと馳せ集まって、

「大変だッ」

「若旦那ッ、しっかりなすって――」

「医者だ、おい、誰か石庵先生を引っぱって来い」

口々に叫びつつ、ひくりとも動かない悠介をとり囲む。何本もの手が伸びて、腕や脚をいたわりさする。

すると、悠介の目がすうっと開いた。不思議そうに四辺《あたり》を見廻していたその目に、強い光が宿った。

「ややッ、奈おじゃないか。いったいわたしはどうしたんだ。何でこんなところに転がっているんだ」

悠介の叫びに、わっと歓声が上がった。

「よかったあ、悠さん、正気に戻ったのね」

思わず男の体を抱きしめ、頰をすり寄せた奈おに、

「痛ッ、揺すらないでおくれ」

悠介が悲鳴を上げた。

「えっ、どこが痛むの、腕、脚——？」

「右足の骨を砕いたみたいだ。よせ、触るな、触るな」

太い眉をしかめながらも、とてつもない呪縛から解き放たれた証として、悠介の表情は明るく晴れやかだった。


右足に添え木を当てられ、木綿布でぐるぐる巻きにされた悠介は、当分奈おの部屋で辛抱せざるをえなくなった。

それでも意気は軒昂《けんこう》である。従来の溌剌《はつらつ》さはいささかも損《そこ》なわれてはいない。

知らせを受けて、お麻が駆けつけて来た。

「悠さん、あなたというお人は、いったいどこへ行っていたのさ」

「いや面目ない。奈おから聞かされたのだが、わたしは十日間もこの世にはいなかったみたいだね。もしそれが彼《あ》の世だとしても、わたしは何も憶えていないのさ」

「奈おさんの話では、階段から落ちる寸前の悠さんは、まともな様子ではなかったって——」

おそらく、悠介の頭の中で何かがはじけ、その閃光のようなものが、失っていた記憶に結びつこうとしたのではないか、とお麻は感じた。

それこそが神秘《くしび》な力の働きだ。

「悠さんの魂が彼の世に行っていた十日の間は、もういいの。それよりなぜそのような事態になったのか、それが肝要なのよ」

「そうだわ、十日前の夜、悠さんは頭に傷を負って、お店の戸口に倒れこんできたのよ。そのことは憶えている?」

奈おは、その夜の時点に話を戻して、悠介の記憶を糺《ただ》した。

「むろんさ、あの日は、築地へ出かけた。伸び伸びになっていた掛取りを兼ねて、挨拶廻りをしたんだっけ――」

悠介は記憶の糸をたぐるようにして語り出した。

「まず、一の橋を渡ってお旗本の青山さまのお屋敷に行った。ご用人にお目にかかり、ご挨拶やら、お支払い延引のお申し渡し、つまり言い訳を受けたりして、次の前田さま、その次が津田さまに参上した。どちらさまでも少々手間どり、最後の津田さまのお屋敷を出たときは、もう空は暗くなっていた」

「あの夜は、月も星もない真っ暗な空でしたもの」

奈おにとっては忘れられない夜である。

「それで、津田さまのお屋敷を出るときは、提灯《ちょうちん》に火を入れたんだ」

「用心のいい事」

これはお麻。

「うん、帰りの足でここに寄ろうと思っていたのでね。堀に沿って右へ曲がれば、左手に二の橋がかかっている。そこは渡らずに少し行く。わたしは道の上に何かを見つけた。提灯の明かりに、何かが薄く反射した。手に取って見ると、油紙に包まれた薄っぺらいものだ。おそらく書状かそこいらだろう。そのときだった。前方からいきなり怒鳴りつけられた。『きさま、いま何か拾わなかったかッ』とね」

「何者ですの？」

その無礼さに、奈おは怒りをおぼえたらしい声になった。

「二人の侍だった。暗くて前から来る二人にわたしは気づかなかったが、相手からは提灯の火が見えたはずだ。わたしが道の上にかがんだのは、その火の動きで察したのだろう」

「その二人は、悠さんの拾ったものを探していたのかしら」

「おそらく、そのどちらかがそれの落とし主だろうな」

「物はなんですの？」

お麻はそちらのほうが気になる。

「さあ――」

「さあ――って――？」

素直に返却した、という意味だとすると、頭に傷を負ったのは別の要因なのか、とお麻は疑問に思った。なぜなら、侍に怒《ど》やされたくらいでおじけづく悠介ではないからだ。

「わたしは、何も拾っちゃいませんよ。下駄の歯に小石がはさまったのを取っただけだ、と言い返してやった。あまりにも人を人とも思わぬ態度に、むかっ腹が立ったのだ」

「礼節あるお武家さまなら、そんな下品な物言いはしないもの」

「お麻さんの言うとおりだ。提灯の乏しい明かりだったが、どう見ても御家人くずれだったね」

無法にもいきり立った二人は、

『なんだ、なんだッ　ええッきさま　目障りなやつだッ』

『面倒だッ　やっちまえ』

ぎらりと腰の差料《さしりょう》を抜いたのであった。

「おお、恐《こわ》ッ！」

お麻と奈おは同時に首をすくめた。

「わたしは提灯を放り出して、走ったね。だんびら振り廻されたんじゃ、逃げるしかない。だから、逃げた、逃げた。一の橋を渡った。左手に采女ヶ原の闇が広がっていた。そこへ飛びこんだ。とたんに体が宙に浮いた。穴に落ちこんだんだ」

「穴――？」

女二人声をそろえた。

「その穴の中で、わたしは気を失ったらしい。気がつくと、穴から這い出た。掘りっぱなしの底の浅い穴だった。そして、奈おのところへ向かったんだ。そのあとの事は、ご承知のとおりだ」

「頭の傷は、その穴に落ちたときのものね。ところで、悠さんは印伝革の財布を持っていたわね」

お麻の問いに、

「ああ、そうだ、あの財布、どこへやったかな。きっと、走って逃げるとき、どこかに落としたんだろう。それよりも、わたしは拾った紙包みを懐にねじこんだはずなんだが――」

と悠介に問われて、

「いいえ、お持ちではありませんでしたよ」

奈おが首を振った。

「あの油紙に畳まれたものは、御家人たちにとってひどく大切なものだったにちがいない。それを落とし、探しに引き返して来たところで、わたしと出喰わした。だからわたしを叩き斬ってでも取り返そうとしたのだ」

「ところが、悠さんの姿は、采女ヶ原のだだっ広い闇の中へ消えてしまった。でも、穴に落ちこんだ悠さんはむしろ幸運だったのよ。気絶したのだから呻き声も立てないものね」

何が幸いするかわからない、とお麻は言った。

「気になるな、あの紙包みは何だったのか」

「探したくとも、悠さんには無理ね。当分は〝奈お松〟の籠の鳥でいるしかないもの」

無念なはずであるのに、悠介は楽しげだった。奈おに甘え世話されるのが嬉しくてならない様子である。

八

采女ヶ原の広場は、浅草奥山《おくやま》や両国広小路と同じように、浄瑠璃《じょうるり》や講釈などの小屋掛けが並び、鳴物や呼び声もかまびすしい。

団子や甘酒の屋台は人気だし、野天芸人や女相撲の囲りには見物人が群がっている。

お麻と英吉は、全体で千坪以上もあろうかという歓楽の地に足を踏み入れて、周囲を見渡してみた。

悠介の話では、二の橋を木挽町《こびきちょう》方向へ渡ってから目の前の広場の闇に飛びこみ、すぐに穴に落ち入った、というのだから、その場のおおよその見当はつけられる。

二人は掘割沿いの柵の内側を調べてみた。

広場を使う者が勝手に土を掘り返すのは禁じられているはずだが、それでも支配の目を盗む者もいるのだろう。穴の痕跡とおぼしき小さなくぼ地がいくつかある。

しかし、悠介の体を呑みこむには、それなりの大きさがあるはずだ。

それらしき穴はすぐ見つかった。見世物小屋の裏手と柵の間だ。

深さは三尺もない。広さは畳一枚ほど。

英吉が、穴の中に飛びおりた。

「石瓦《いしがわら》がある。悠さんはこれに頭をぶつけたのだろう。ほかには何もないな」

人々は布の切れはしも、枯小枝一本も無駄にしないから、芥《ごみ》はほとんど出ない。

この穴は何のために掘られたのかわからないが、芥溜《ごみた》めではなさそうだ。

「あ、英さん、それ……」

お麻が何か見つけて声を上げた。

「どこ……?」

「あなたの足元よ、泥の下に何かある」

英吉が土を払った手に、何かをつまみ上げた。

「これだな、悠さんが拾った油紙に包まれたものって――」

土をはたき落としながら、英吉は満足げな表情になって、穴から出た。

「わたしはまだ、これを開いてませんよ。悠さん、それはあなたの役目だ」

そう言って、英吉は紙包みを悠介に渡した。

一瞬、悠介の目に怯《ひる》みが浮かんだ、十日間の記憶喪失と頭の傷、加えて足の骨折の
元凶がその紙包みなのだ。

キッと唇を引き結んだ悠介が、油紙をはぎ、包まれていた奉書紙を開いた。

悠介は一瞥してから、その場にいる英吉、お麻、奈おに見せるため畳の上に開示した。

そこには、

証
一、金二百両也
右受取奉り候こと実証也、
御勘定方さま、
石田右衛門《いしだうえもん》

と、だけある。

「二百両受け取ったのが石田右衛門でも、この人物がどこのご家中なのか」

英吉の問いに、

「さあ、わからない」

と、悠介は途方にくれたように答えた。それでも、

「臭うな、金子《きんす》がらみの陰謀のね」

さすが大名家、旗本家と商機の縁ある唐物屋の跡取りである。文書が武家同士で交わされたであろう事、そこに二百両という大金が動いた事に、漠然とながらも大いに疑惑を持ったのだ。

「その上、宛先も不明だ」

「悠さんを斬ろうとまでしたのだから、二人の御家人くずれにとっては、よほど大事な書き付けなのだわ」

それにしても、よくぞ命を奪われなかった、と神仏に感謝したくなる奈おだった。

「この書き付けの裏にどんな悪計があったとしても、これだけではまるで闇夜の鉄砲ね」

詮索好みでは人後に落ちないお麻である。言葉とは裏腹に、闇夜のどんな小さな灯火でもみつける気構えでいる。

通路に足音がして、

「富貴堂の旦那さまがおいでです」

十左の案内で、忠善とお香が現われた。

「どうだね、按配は——？」

夫婦もしごく明るい表情をしている。一人息子の頭が正常に戻ったのだ。足一本の骨を砕いたくらい取るに足らない、とばかりに。

「もう少し経てば、杖《つえ》で歩けるようになるでしょう」

「そうか」

と腰をおろした忠善に、

「この書状が今回の災難の種《たね》なんですがね、まるで雲を摑むようでして——」

どれ、と忠善は手に取り、紙面に走らせた目をついと宙にとどめた。しばし黙考ののち、

「何の金かわからないが、二百両の受領書だね」

「見ればわかります」

子供扱いされた、と悠介は不平顔だ。

「待て、そうではない。この石田右衛門さまは、堀田《ほった》家のご用人さまだ」

「えッ、父さんは知っているのですか」

「長くご贔屓を頂いておる。おまえについてはそのうちお目通りを願うつもりでいた」

堀田弾正《だんじょう》は、千五百石を拝領する小納戸方組頭である。

この役目は、将軍の金銀、衣服、調度品の出納《すいとう》に携わる立場である。

また、大名、旗本からの献上品及び下賜の金品もつかさどる。つまり公金を扱う重要な役目柄、何かと余禄が入る。

それは、便宜を図ってもらいたい大名や、納品をする商人から、絶えず付け届けがあるからだ。

これがけっこうな金高になる。したがって堀田家は内福なのだ。

「わたしが堀田さまのお屋敷に伺っても、むろん殿さまにお目通りはかなわない。常にご用人の石田さまとの対面だ。お支払いも滞りがない。それにしても、このような書状がなぜ御家人くずれ風情の手に――」

「きっと、よからぬ計略があるのではないでしょうか」

「早速、これを持参して、石田さまにお目にかかりましょう」

堀田家の用人、石田右衛門は五十歳になるという初老の男であった。

忠善とは長年の交誼《こうぎ》はあっても、その厳とした姿勢をくずす事がない。

「かたじけない」

と真っ四角に礼を口にした。

「仔細は存じませぬが、わたしめでお役に立ちますれば、どうか何なりとお申しつけください」

忠善にとって、堀田家が単に商いの得意相手というのではなく、石田老が大変好ましい人物なのである。堅苦しいほど勤直で、古風な侍の造形そのものといってよい人柄には、いつも頭のさがる思いをしているのだ。

右衛門は皺ばんだ顔の口をへの字に引き結んで、忠善を睨み上げている。

「けっしてお家のお為にならぬ仕儀はいたしません。しかしながら、わたくしめの愚息がその御家人くずれに愚弄されました。その元がそのご書状であります。もしご用人に何らかの心算がおありでしたら、この経緯をお聞かせ願えませんでしょうか」

そう言って、忠善は平伏した。

「町人のそちには無縁の事である。しかしながら、世にあらぬ誤解が生まれては、お家の一大事ゆえ、話してしんぜるが、これはあくまで内々の事、決して他言無用、肝《きも》に銘じるように――」

右衛門は、忠善の信頼にこたえる気になったらしい。

「役目がら、我が家の殿には、さまざまなお方からのお会釈がある。それには付け届けの金品も含まれる。しかし、付け届けは、不正、賄賂とは異にするものだ」

「存じております」

「さて、この受領書についてだが、さる大名家からの返礼に対しての一筆である。わたしがお受け役になったのだが、持参した者が『私は使いに参ったのでござるから、受け取りをいただきたい』と申し出られて、したためたのだ。その受領書がどこでどう流れたのかわからんが、無頼風情の者が二人、賄賂の手証だとして当家に持参した。公《おおやけ》にされたくなかったら、百両出せと脅しにかかった」

「それが、息子が襲われた日になるのですか」

「うむ、むろん、拙者は一言のもとではねつけて追い返した。それだけの事よ」

「しかるべきお役所に訴え出ないのですか」

「訴える？　笑止《しょうし》な」

右衛門は切って捨てた。

武家は非常に名誉を重んじる。家政の不始末をことのほか厭がる。盗賊に金品を奪取せしめられても、訴え出る家はない。いかなる不祥事も隠し通すのだ。

「御家人くずれであるならば、もはや士籍はありませんな。悪事を働けば、町方のお奉行所でも扱いましょうから、賭博なり窃盗なりの罪で裁かれます。わたしはせめて息子の仇をうちたい。その二人のやつばらの目印はございませんか」

「当家の件は極秘であるぞ」

「この命に賭けて誓います」

忠善が固く誓詞しても、その二人がどこかで吹聴《ふいちょう》していないともかぎらない。しかし、忠善はそれを口にしなかった。

「片方が杉本《すぎもと》と、片方が鎌ヶ谷《かまがや》と呼び合っておった」

九

江戸の町には多くの浪人がもぐりこんでいる。御家人のなれの果ても、数え上げたらきりがない。

治助は富貴堂忠善から、悠介を負傷させた男たちの名を聞かされた。

「どうかその下種《げす》者二人、引っ捕まえていただきたい」

しかし、この広い江戸で杉本、鎌ヶ谷という名だけで捜索するのは、むずかしい。

そういう輩《やから》は、住まいも不定であったりするからなおの事である。

それでも治助は、地を這うようにして、情報を拾い集めていた。

そもそも市井に隠れた悪党どもは、世間を狭く生きている。

ゆすりたかりに押し込み強盗、金が入れば博奕に酒に悪所がよい、と相場は決まっている。

賭博が開かれる場には、裏社会の情報が沈潜している。だが、賭場の多くは、大名家の中間《ちゅうげん》部屋であったり、破れ寺の庫裏《くり》であったりする。

なぜそこが法の抜け穴かというと、支配ちがいの大名家や旗本家に、町奉行所は手を出せないからである。

そこで治助は一計を案じた。

「英さん、やってくんねえか」

「否やはありませんが、わたしは博奕を打った事がありません」

「あとでちょいと手ほどきしてやるが、なあに、呆けた頭のやつらの遊びだ。しち難しい事なんかありゃしない。花札か賽子《さいころ》の丁半だから、二、三番見ていりゃあ、すぐに呑み込める」

それを聞いていたお麻が「お父つぁん、英さんに危ない真似をさせないでよ」と色をなした。

「慌てるな、おれがそんな事させる訳ねえだろ。本来なら、おれか伝吉がもぐりこみてえところだが、正体はもろにばれてしまう。そうなりゃ、それこそ生きて帰れねえ。

英さんなら、なりたて浪人の浅黄裏《あさぎうら》に化けられる」

「元もとはお侍だもの」

　まだお麻は不安そうだ。

「しかし、新顔が簡単に賭場へ入れますかね」

「英さん、おれにちょいとした伝手《つて》がある。そいつの手引きで入り込めるだろう。ただし、勘づかれねえようにしろよ」

「その杉本某《なにがし》と鎌ヶ谷某の行方をつき止めればいいのですね」

「だが、手出しはするな。静かに、目立たねえように探りを入れてくれ」

「密偵の真似事なんて、胸がときめきますね」

　英吉は、親方の保田屋梅吉に断りを入れた。のっぴきならない用向きで、郷里へ帰らなければならない。だが、十日後には必ず戻って参ります、との理由である。

　英吉は町人髷《まげ》を、髱《たぼ》を出さない侍髷に結い、秘匿しておいた長刀一本を腰に、落ちぶれた北総《ほくそう》浪人として、江戸の賭場に足を踏み入れた。伝手は伝手を生み、かなりの数の賭場へ迎え入れられた。

　八日目の夜、吉原被りの手拭を頭に、着物の裾をからげ、すっかり町人の姿に戻って、〝子の竹〟にやって来た。

「英さん――」

おもわず、お麻は無事な英吉を見て涙声になる。

「おう、心配してたぜ。八日の間も梨《なし》の礫《つぶて》だ、おれは生きた心地もしなかった」

治助の声も安堵に上ずっている。

「面白かったですよ」

英吉は軽くいなして、治助の横に腰をおろした。

「首尾は――?」

「上々です」

「お麻、酒はあとでいい」

と、治助は断ってから、英吉のほうへ向き直った。

「で……?」

「小石川御門の高松《たかまつ》藩邸の中間部屋にて、杉本修理《しゅり》及び鎌ヶ谷角之助《かくのすけ》の二名を、しかと確認いたしました」

「まちがいないか」

「万に一つも相違ないと思います。二人つるんだ同姓同名は、江戸広しといえどもまずないでしょう」

「英さん、礼を言う、これこのとおりだ」

治助は深々と頭をさげた。

「で、このあとどうします？」

「富貴堂さんは、石田さまと固い約定を交わしている。それを破るような事態になったら、あのお人は命を捨てる覚悟だ。そうさせてはならねえ、とこれもおれの踏ん張りどころなんだ」

「よいご思案でも……？」

「大名屋敷での博奕では、やつらをふんじばれねえから、別の事件で捕まえるんだ。ところでやつらのねぐらはどこだろう」

「そこに抜かりはありません。ひそかに二人のあとを跟《つ》けまして、上野一丁目の古びた小家に住んでいる、と突き止めてあります」

「よし、そこにしばらく張りついてみよう。何かの動きがあるかもしれん」

「わたしは、どうしましょう」

「いや、英さんには大変なご足労をかけた。ありがてえやね。これから上を望んだら罰が当たらあな。ほんとによくやっておくんなすった」

ふたたび治助に頭をさげられて、

「お役ごめん、という事ですか」

ほっと肩の力を抜いた英吉の、どこか残念そうな一面もほの見える表情だった。


下谷広小路の左右は、町名の上に上野がつく町割になっている。

上野一丁目は、広小路の東を入った町屋である。商店の居並ぶ表通りの大門町や黒門町とちがって、ほとんどが仕舞屋造りの一軒家である。

治助は伝吉とともに周辺の聞き込みに入った。

そこで知れてきた事は——。

まずその小家の住人は、浪人体《てい》の男が二人。これが杉本と鎌ヶ谷である。あとは通いの老婆がいて、これが家事を勤めている。

浪人体といっても、見るからに無頼者にちがいなく、昼は姿を見せないが、夜になるとどこかへ出かけていく日常で、近所の者は怯えて近づこうともしない、という事であった。

——すぐに尻尾を摑んで見せる。

治助は勇み立った。

同じ町内の角に豆腐屋がある。

聞き込みというのは、狙い定めた地域をうろつく事でもあるから、治助たちは何度もその豆腐屋の前を通っている。

何度目かに通りかかったとき、豆腐屋の親父と目が合った。

その目が何かを訴えている。

治助の勘どころにぴんと響くものがあった。

「精が出ますな。もう水はぬるんだとはいえ、手の霜焼けは治りにくいやね」

「親分さんもご苦労さんですな」

治助の装《なり》でその渡世は知れる。

「この辺にきな臭いのがいるようだね」

水を向けてみる。

「大きな声じゃ言えませんがね、ちょいと困ったやつがおりまして……」

と口ごもる。

「言ってみな、悪いようにはしねえから――」

「親分さん、豆腐の中に釘が入《へえ》ると思いますか？」

「なんだ、そりゃあ」

「うちで買った豆腐の中に釘が入っていたって、因縁をつけられてるんでさあ」

「そりゃごり押しだな」

「悪い噂を立てられたくなかったら、詫《わ》び賃出せって脅されておりやす。うちなんか一丁六十文の豆腐を造る小商いですよ。そこからたとえ小銭でもむしり取ろうたあ、何ともあこぎな仕打ちじゃありませんか」

「出したのか？」

「へえ、三度ほど。表通りのいくつもの店も、やられたようで、みんな額を合わせてひそひそ噂し合っておりやす」

「敵はそこの御家人くずれなんだろう」

「へえ――。やつらおれを腰抜けと見て痛ぶりやがる。今日、明日にもまた無心に来そうなんで、おれとしてはもう黙っちゃいられねえんですよ」

助けてくれ、と親父の目が言っている。

「よしッ、きっとお縄にしてくれよう」

実直律儀な町人たちを脅かす、ゆすりたかりは赦《ゆる》しておけぬ。

上野の鐘が九つ（昼十二時）を打った直後、治助は、伝吉を佐久間町の大番屋へ走らせた。

南町奉行所の廻り方同心、古手川与八郎が、市中見回りの途次、大番屋に立ち寄る刻限に充分間に合うだけのゆとりがある。

走り戻った伝吉と治助は、親父と打ち合わせ、襖一枚へだてた店奥の住まいに潜んだ。

一刻半ほど経って、小者の弥一《やいち》を連れた与八郎が長身を折るようにして、豆腐屋の勝手口から入って来た。

「痩せ浪人のゆすりたかりだそうだが、現われたか？」

「まだでございます。ここの親父の話ではいつも夕刻近くだそうでして――」

「今日来ると限った事か？」

「親父の話では、現われそうなんですがね」

その親父は、桶や木型を洗ったり、明日の支度に余念なく立ち働いている。

呼び売りの豆腐屋は、朝、昼、夕と市中を売り歩くから、そのたびに豆腐を仕入れに来るのだが、それももう終《しま》いだった。

一日の仕事が終わって余り水を撒《ま》いている親父が、びくっと背を立てた。

「よう、儲かってるか」

雁首《がんくび》そろえた悪御家人二人、杉本と鎌ヶ谷に声をかけられたのだ。

口の中でもごもごと不得要領に呟きながら、治助の指示どおり親父は店内に入って来た。

「よし、いいぞ」

一寸ばかり空けた襖の隙間に目を当てた治助が頷く。

男二人も店内に追って入った。

「一分《いちぶ》でいいんだ、親父」

「お許しください。うちは儲けの薄い稼業です。そうたびたびのご無心は、お受けできません」

治助に、あくまでも要求を突っぱねろ、と言い含められている親父だ。

「何ッ、素直に出さんと言うのか」

「相手を見てものを言え。こっちは伊達《だて》に長刀を帯びているのではないぞ」

「たった一分のはした金だ、命には替えられんだろう」

「出せッ、出せよッ」

口をそろえての恫喝《どうかつ》だ。

瞬間、与八郎が治助の袖を引いた。

それを合図に、だっと襖を押し開く。

「ご用だッ」

十手片手の治助が、口いっぱいに叫ぶ。

「何、何だッ　きさまら——」

虚《きょ》を衝《つ》かれた二人、刀の柄《つか》に手をかけながら、じりっとあとじさる。親父が飛びすさって、戸外へ逃げた。

その戸口の外では、伝吉と弥一が待ちかまえている。

「く、くそッ！」

「諦めろッ　ここで抜刀したら、てめえらは三尺高い台の上だぞッ」

与八郎が一、二歩前に出て一喝《いっかつ》した。

悪行のうえ、人を殺せばまちがいなく獄門である。

だいいち、この天井の低い、豆腐造りの道具をごたごたと置いた狭い店の中で、刀の切先は動きがとれない。

杉本と鎌ヶ谷は、意気地なく両手をさげ、うなだれた。どんなに無頼を気取っても、命は惜しいものと見える。

杖をついた悠介が、奈おに付き添われて、昼すぎの〝子の竹〟へやって来た。

「親分さんには、改めてお礼を申し上げますが、みなさんにもお世話になりました」

すっかり快活さを取り戻した悠介に、

「万事片づいたとはならないね。若旦那の財布の件が残っちまった」

帳場からお初の声がかかった。

「おそらく、やつらから逃げる途中に、自分が落としたんでしょうし、お調べがつけば、財布は戻してくれるそうですので、それでよしといたします」

「まだしばらくは、奈おさんのところ？」

奈おのそばこそ、悠介にとって極楽だろうとお麻は思う。

「当分ね」

そう答えて、奈おと悠介はうっとりと目まぜをした。

「若旦那、もうどこにもおっこちないでくださいよ」

「お麻さんこそ、恋の暗闇に落ちなさんなよ」

「いいわねえ、抜き差しならない恋の暗闇なんて――」

――自分と英吉との間に、のっぴきならぬ暗闇が割り込む余地はないはずだ。今世のみならず、来世までも晴れやかなときめきの道行《みちゆき》ができますように。

そう念じつつ、お麻は奈おと悠介を送り出した。

いつの間にか絹糸のような雨が降っていて、しっとりとした緑の匂いに、江戸の町はけぶっていた。

時代小説

二見時代小説文庫

髪結《かみゆ》いの女《おんな》　浮世小路《うきよこうじ》　父娘《おやこ》捕物帖《とりものちょう》　3

著者　高城実枝子《たかぎみえこ》

発行所　株式会社 二見書房
東京都千代田区三崎町二―一八―一一
電話　〇三―三五一五―二三一一［営業］
　　　〇三―三五一五―二三一三［編集］
振替　〇〇一七〇―四―二六三九

印刷　株式会社 堀内印刷所
製本　株式会社 村上製本所

落丁・乱丁本はお取り替えいたします。
定価は、カバーに表示してあります。

 ISBN978－4－576－16117－4
http://www.futami.co.jp/

浮世小路 父娘《おやこ》捕物帖 黄泉からの声

高城実枝子［著］

味で評判の小体な料理屋。美人の看板娘お麻と八丁堀同心の手先、治助。似た者どうしの父娘に今日も事件が舞いこんで…。期待の女流新人！大江戸人情ミステリー

緋色のしごき 浮世小路 父娘捕物帖2

高城実枝子［著］

事件とあらば走り出す治助・お麻父娘のもとに、今日も市中で殺しの報が！凶器の緋色のしごきは何を示すのか⁉半村良の衣鉢を継ぐ女流新人が贈る大江戸人情推理！

居眠り同心 影御用 源之助 人助け帖

早見俊［著］

凄腕の筆頭同心蔵間源之助はひょんなことで閑職に左遷されてしまった。暇で暇で死にそうな日々にさる大名家の江戸留守居から極秘の影御用が舞い込んだ！第1弾！

朝顔の姫 居眠り同心 影御用2

早見俊［著］

元筆頭同心に、御台所様御用人の旗本から息女美玖姫探索の依頼。時を同じくして八丁堀同心の審死が告げられた…左遷された凄腕同心の意地と人情！第2弾！

与力の娘 居眠り同心 影御用3

早見俊［著］

吟味方与力の一人娘が役者絵から抜け出たような徒組頭次男坊に懸想した。与力の跡を継ぐ婿候補の身上を探れ！「居眠り番」蔵間源之助に極秘の影御用が…！

犬侍の嫁 居眠り同心 影御用4

早見俊［著］

弘前藩御馬廻り三百石まで出世し、かつて道場で竜虎と謳われた剣友が妻を離縁して江戸へ出奔。同じ頃、弘前藩御納戸頭の斬殺体が柳森稲荷で発見された！

二見時代小説文庫

風神狩り　居眠り同心 影御用11
早見俊［著］

源之助の一人息子で同心見習いの源太郎が夜鷹殺しの現場で捕縛された！ 濡れ衣だと言う源太郎。折しも街道筋を盗賊「風神の喜代四郎」一味が跋扈していた！

嵐の予兆　居眠り同心 影御用12
早見俊［著］

居眠り同心の息子源太郎は大盗賊「極楽坊主の妙蓮」を護送する大任で雪の箱根へ。父源之助の許には妙蓮絡みの奇妙な影御用が舞い込んだ。同心父子に迫る危機！

七福神斬り　居眠り同心 影御用13
早見俊［著］

元普請奉行が殺害され亡骸には奇妙な細工！ 向島七福神巡りの名所で連続する不思議な殺人事件。父源之助と新任同心の息子源太郎よる「親子御用」が始まった。

名門斬り　居眠り同心 影御用14
早見俊［著］

身を持ち崩した名門旗本の御曹司を連れ戻すという単純な依頼には、一筋縄ではいかぬ深い陰謀が秘められていた。事態は思わぬ展開へ！ 同心父子にも危険が迫る！

闇の狐狩り　居眠り同心 影御用15
早見俊［著］

碁を打った帰り道、四人の黒覆面の侍たちに斬りかかられた源之助。翌朝、なんと四人のうちのひとりが、寺社奉行の用人と称して秘密の御用を依頼してきた。

悪手《あくしゅ》斬り　居眠り同心 影御用16
早見俊［著］

例繰方《れいくりかた》与力の影御用、配下の同心が溺死した件を内密に調査してほしいという。一方、伝馬町の牢の盗賊が本物か調べるべく、岡っ引京次は捨て身の潜入を試みる。

無法許さじ　居眠り同心 影御用17
早見俊［著］

火盗改の頭から内密の探索を依頼された源之助。火盗改密偵三人の謎の死の真相を探ってほしいというのである。〝往生堀〟という無法地帯が浮かんできたが…。

十万石を蹴る　居眠り同心 影御用18
早見俊［著］

世継ぎが急逝したため、十二歳で大名家を出された若君が十一年ぶりに帰った。果たして彼は本物なのか？美濃恵那藩からの影御用に、居眠り同心、捨て身の探索！

闇への誘い　居眠り同心 影御用19
早見俊［著］

闇奉行と名乗る者の手で、罪を免れた悪党たちの打ち首が辻々に晒される。人々の熱狂の陰で進行する闇の力による恐るべき企み……寺社奉行からの特命影御用とは⁉

流麗の刺客　居眠り同心 影御用20
早見俊［著］

浪人が人質と立て籠もった。逃げた妻を連れて来いという。駆け付けた源之助が見たのは、同心の勘を打ち破る想像を絶する光景だった。謎が謎を呼ぶ事件とは？

剣客相談人　長屋の殿様 文史郎
森詠［著］

若月丹波守清胤、三十二歳。故あって文史郎と名を変え、八丁堀の長屋で爺と二人で貧乏生活。生来の気品と剣の腕で、よろず揉め事相談人に！心暖まる新シリーズ！

狐憑きの女　剣客相談人2
森詠［著］

一万八千石の殿が爺と出奔して長屋して暮らし。人助けの万相談で日々の糧を得ていたが、最近は仕事がない。米びつが空になるころ、奇妙な相談が舞い込んだ！

赤い風花《かざはな》 剣客相談人3
森 詠［著］

風花の舞う太鼓橋の上で旅姿の武家娘が斬られた。釣り帰りに目撃し、瀕死の娘を助けたことから「殿」こと大館文史郎は巨大な謎に渦に巻き込まれてゆくことに！

乱れ髪 残心剣 剣客相談人4
森 詠［著］

「殿」は大川端で心中に見せかけた侍と娘の斬殺死体を釣りあげてしまった。黒装束の一団に襲われ、御三家にまつわる奥深い事件に巻き込まれていくことに…！

剣鬼往来 剣客相談人5
森 詠［著］

殿と爺が住む八丁堀の裏長屋に男装の女剣士が！ 大瀧道場の一人娘・弥生が、病身の父に他流試合を挑む凄腕の剣鬼の出現に苦悩し、助力を求めてきたのだ。

夜の武士《もののふ》 剣客相談人6
森 詠［著］

裏長屋に人を捜してほしいと粋な辰巳芸者が訪れた。札差の大店の店先で侍が割腹して果てた後、芸者の米助に書類を預けた若侍が行方不明になったのだというが…。

笑う傀儡《くぐつ》 剣客相談人7
森 詠［著］

両国の人形芝居小屋で、観客の侍が幼女のからくり人形に殺される現場を目撃した殿。同じ頃、多くの若い娘の誘拐事件が続発、剣客相談人の出動となって……。

七人の剣客 剣客相談人8
森 詠［著］

兄の大目付に呼ばれた殿と爺と大門は驚愕の密命を受けた。江戸に入った刺客を討て！ 一方、某大藩の侍が訪れ、行方知れずの新式鉄砲を捜し出してほしいという。

必殺、十文字剣　剣客相談人9
森詠［著］
侍ばかり狙う白装束の辻斬り探索の依頼。すでに七人が殺され、すべて十文字の斬り傷が残されているという。背後に幕閣と御三家の影!? 殿と爺と大門が動きはじめた！

用心棒始末　剣客相談人10
森詠［著］
大川端で久坂幻次郎と名乗る凄腕の剣客に襲われた殿。折しも江戸では剣客相談人を騙る三人組の大活躍が瓦版で人気を呼んでいるという。はたして彼らの目的は？

疾《はし》れ、影法師　剣客相談人11
森詠［著］
獄門首となったはずの鼠小僧次郎吉が甦った!? 殿らのもとにも大店から用心棒の依頼が殺到。そんななか長屋に元紀州鳶頭の父娘が入居。何やら訳ありの様子で…。

必殺迷宮剣　剣客相談人12
森詠［著］
「花魁霧壷を足抜させたい」——徳川将軍家につながる田安家の嫡子匡時から、世にも奇妙な相談が来た。しかし、花魁道中の只中でその霧壷が刺客に命を狙われて…。

賞金首始末　剣客相談人13
森詠［著］
女子ばかり十人が攫われ、さらに旧知の大名の姫が行方不明となり捜してほしいという依頼。事件解決に走り回る殿と爺と大門の首になんと巨額な賞金がかけられた！

秘太刀葛の葉　剣客相談人14
森詠［著］
藩主が何者かに拉致されたのを救出してほしいと、常陸信太藩江戸家老が剣客相談人を訪れた。筑波の白虎党と名乗る一味から五千両の身代金要求の文が届いたという。